Adeus, Iossl

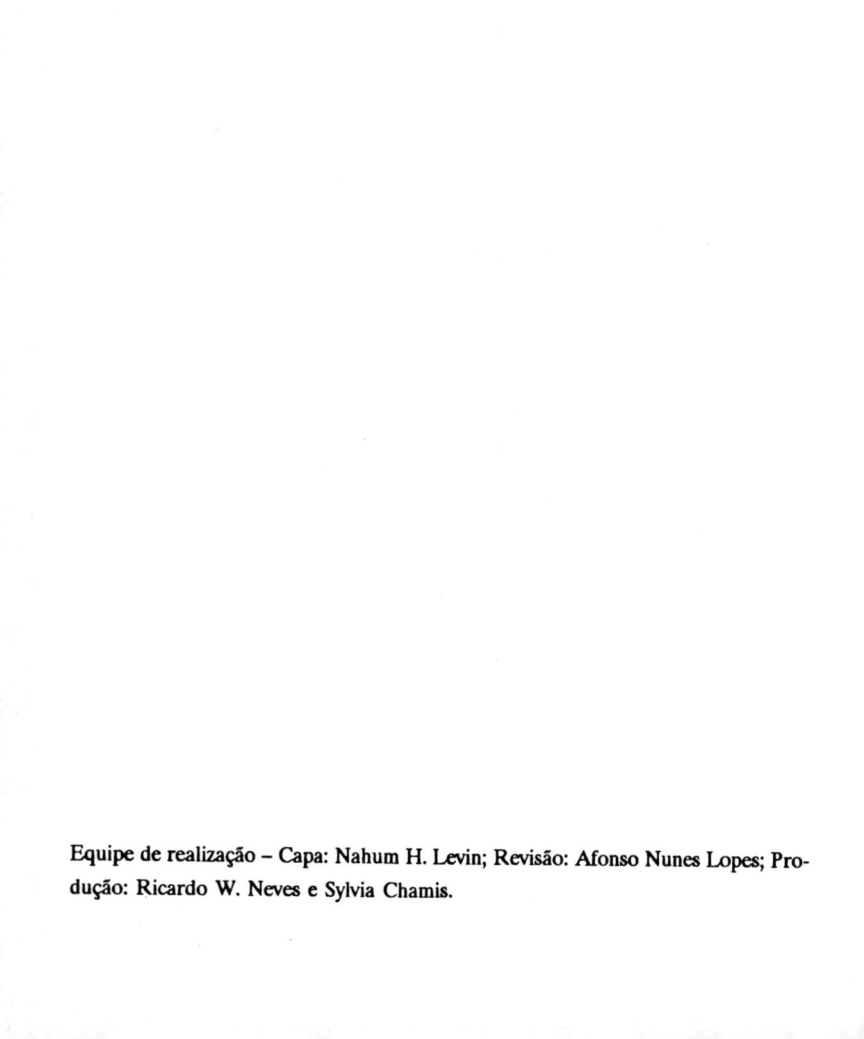

Equipe de realização — Capa: Nahum H. Levin; Revisão: Afonso Nunes Lopes; Produção: Ricardo W. Neves e Sylvia Chamis.

ELIEZER LEVIN

ADEUS, IOSSL

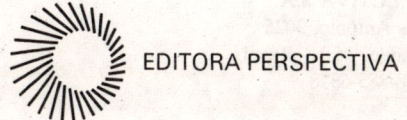
EDITORA PERSPECTIVA

Copyright © Eliezer Levin 1994

EDITORA PERSPECTIVA S.A.
Av. Brigadeiro Luís Antônio, 3025
01401-000 – São Paulo – SP – Brasil
Telefones: 885-8388/885-6878
1994

Ainda que ande pelo vale das sombras...
Salmos, 23:4

SUMÁRIO

1ª Parte – Os primeiros dias 13

1. A cena do porta-malas 15
2. Iossl, não leve as coisas tão a sério 19
3. Dóctor 23
4. Leibovitch, onde estás? 27
5. Ah, Sara, você gostaria dele! 31

2ª Parte – Substância, a realidade que permanece atrás 35

1. Freqüentando a Sinagoga 37
2. Vélvele Zaltzberg 41
3. Uma noite estrelada 43

3ª Parte – Alguns pensionistas contrastantes 47

1. Conhecendo os vizinhos 49
2. Tia Miriam 51
3. Kopque, o homem das coxilhas 55
4. Mendl, *der linker* 59
5. Motl, o corintiano 63

4ª Parte – Desmascarando o Anjo da Morte 67

1. Dúvidas 69
2. Hershl, *der comediant* 71
3. Um *sketch* malogrado 75

5ª Parte – As cinqüenta portas da razão 79

1. Guershom, isso é modo de tratar seu avô? 81
2. Velhas fotos 85
3. O milionário que começou tarde 89
4. Posso lhe confessar uma coisa? 93
5. O Talmudista 95

6ª Parte – O som de batidas de um cortador de lenha 99

1. Não quer passar o domingo conosco, pai? 101
2. D. Sheindl 105
3. De K'aifeng a Barão Hirsch 107
4. Diálogo íntimo com o *Dóctor* 111
5. Confidências femininas 113

7ª Parte – Andando em círculos num dia ocioso 115

1. Bom Retiro 117
2. Solidão no Cosmos 121
3. *Vareniques* 123
4. Poema da Volta 127

8ª Parte – O Lar se diverte 129

1. Eclesiastes 131
2. Bom divertimento, *Herr Proféssor* 135
3. As meditações de *Reb* Guetzl 139
4. Insônia 141

9ª Parte – A meia voz 143

1. A coisa que não se consegue vulgarizar 145
2. Um Anjo bateu-me à porta 149
3. Tolices 153
4. Ouves, Sara? 157

10ª Parte – Bal Masqué 161

1. Não me enterrem em *Mitzraim* 163
2. Tia Miriam tem uma idéia 167
3. A aparência triste de um filósofo 169
4. Missão banal 173

11ª Parte – Participando da Comédia 177

1. Uma proposta intrigante 179
2. Hendrix e Pinchik 181
3. Instante de bom humor que se transforma 183
4. A vida no *Lar* se agita 185

12ª Parte – Final 187

1. Alguém virá nos buscar 189
2. Ondas distantes de um mar silencioso 193
3. *Sub specie eternitatis* 195
4. O cheiro do verde 197
5. Visita obrigatória 199
6. Caderno de notas 201

Glossário 203

1ª PARTE

OS PRIMEIROS DIAS

1

A CENA DO PORTA-MALAS

Aquela manhã, *ele* acordara mais cedo. Todo o pessoal de casa ainda dormia. A primeira coisa em que pousou os olhos foi na grande e bojuda mala. Laboriosamente o filho e a nora o haviam ajudado a arrumá-la; depois de fechada, na última noite, a deixaram no canto do quarto, ao lado da porta. Nela, é verdade, não coube tudo, nem poderia caber. Seus preciosos livros, que eram em bom número, deixara-os na biblioteca do filho. Apenas alguns deles, considerados essenciais, pedira que lhe fossem remetidos mais tarde, juntamente com a vitrola, o rádio, a caixa de discos, e os seus poucos quadros, que aliás não passavam de reproduções comuns.

Ainda estendido na cama, sem coragem de desprender-se dos lençóis que lhe conservavam o calor do corpo, não pôde deixar de refletir (pela centésima vez) no chamado *Lar dos Velhos*, essa casa para onde iria transferir-se dentro de poucas horas. Desta vez ocorreu-lhe que encontraria por lá conhecidos ou até mesmo amigos, o Leibovitch sobretudo, com quem não tinha contato havia muito tempo. Entre tantas questões, esta era mais uma em que ainda não tinha pensado maduramente. Como seria esse reencontro? – perguntou-se.

Por fim, afugentando esses pensamentos, puxou o lençol para o lado e sentou-se na beirada da cama. Como fazia habitualmente, sem olhar para o chão, procurou com os pés o velho par de chinelos. Lembrou-se de que já tinham sido guardados na mala. Descalço, dirigiu-se ao banheiro, passando pelo corredor. Este se encontrava vazio, escuro. Tantas vezes o percorrera, mas agora pareceu-lhe diferente, como se fosse um túnel cheio de sombras e ecos.

Já de volta ao quarto, vestiu-se com cuidado, não esquecendo de meter no bolso a carteira e o pente que deixara sobre a mesa. Na casa toda não se ouvia nenhum ruído. Abriu a janela e por um momento ficou a olhar para a rua, esta ainda quieta, deserta. O dia mal começava a clarear.

A primeira coisa com que se ocupava pela manhã, antes mesmo de tomar o café em companhia do neto (este tinha de acordar cedo para as aulas da Faculdade), era a sua reza do *shaharit*. Cobria-se com o *talit*, punha os *tefilim* e, então, abria seu velho livro de orações, o *sidur*. Não que fosse um sujeito carola ou de grandes convicções religiosas; considerava-se apenas um "tradicionalista", conforme sua própria expressão, e queria que todos de casa soubessem o quanto estava ligado ao judaísmo. Mas lembrou-se de que também os havia guardado na mala; abri-la e tirá-los agora não lhe seria tão fácil. Após alguma hesitação, decidiu-se: rezaria assim mesmo, sem o *talit*, sem os *tefilim* e até mesmo sem o livro de orações. Riu-se com as palavras que lhe vieram à boca: "Desculpe, Altíssimo, mas acho que também tens nisso um pouco de culpa". Depois, olhando para o teto, disse em voz audível: "Não te preocupes, sei de cor a maioria de tuas orações".

Já bem perto do fim das orações, rezadas meio às pressas, ao perceber os movimentos que vinham da copa, e sentindo no ar o cheiro do café coado, procurou apressar-se.

O único que ocupava a mesa, como de costume, era o Gerson, seu neto (a quem chamava de Guershom), que sorriu ao vê-lo.

– Então, vô, o senhor está bem?

Ele demorou em responder.

– Sim, e você?

– Tenho provas hoje, acordei mais cedo.

– Eu também – disse *ele* sentando-se em sua cadeira habitual – Me passe o mel, por favor.

– Ouvi dizer que esse lugar para onde o senhor vai tem garotas legais – o neto tentou fazer gracinha.

Ele aceitou o gracejo:

– Pois é, garotas no mínimo com setenta primaveras.
Os dois ficaram comendo em silêncio, mal levantando os olhos.
– Que horas o senhor sai?
– Que horas? Não sei, depende de seu pai, eu estou pronto.
– Amanhã mesmo vou lhe fazer uma visitinha, vô. Quero conhecer os seus novos domínios.
Ele deixou-se ficar pensativo, depois observou:
– Vou precisar de algum tempo, Guershom.
Terminada a refeição, o neto levantou-se.
– Tchau, vô.
– Boa sorte nas provas, menino – procurou dominar a voz que lhe saía em falsete. – Cuide-se bem.
Gostava desse garotão, com quem conversava descontraído e com uma natural dose de humor.
A velha empregada, Maria, ao entrar na copa, vendo-o sentado sozinho, perguntou:
– Vai querer um pedaço de mamão?
Olhou para ela surpreso.
– Não, obrigado. Como vão as coisas com você, Maria?
– Alguns *pepinos* lá em casa.
Todos têm seus *pepinos*, pensou consigo.
– Creio que não lhe darei mais trabalho, Maria. Parto hoje mesmo.
– Já sei – ela, uma mulher fechada, de ares rabugentos, forçou um sorriso – Não, não me dá nenhum trabalho.
Diante da gentileza, não resistiu:
– Sabe, Maria, começo a achar que não sou tão mau sujeito assim.
Na realidade, estava ansioso para que o dia corresse mais depressa. Não tinha paciência com essa morosidade e, sobretudo, com esses diálogos que lhe pareciam, no mínimo, desajeitados.
Foi despedir-se do pequeno *poodle*, a quem costumava jogar pedaços de bolo, contrariando as ordens de Maria e também de Eva, a nora. Estas viviam lhe explicando o quanto tal hábito era nocivo para o animal.
– Nocivo ou não, hoje você vai regalar-se com um bom pedaço – disse ao cachorrinho, que, depois de abocanhar tudo de uma vez, ficou abanando o rabo e o encarando fixamente.
O filho e a nora não demoraram a chegar. A opinião que tinha de Eva sempre fora a melhor possível. Ela tinha bom gênio e, nesta

manhã, não economizou gentilezas com *ele*. Quanto ao José, o seu querido Iossl, mal chegou deu mostras de toda a agitação que lhe ia por dentro; o tempo todo não parou de fazer-lhe recomendações e de insistir em lembretes óbvios.

— Ora, não estou viajando para a Europa, Iossl — brincou com o filho. — E muito menos para outro planeta.

O filho, conhecendo bem esse seu espírito, sorriu.

— Desculpe, pai.

— Não me peça desculpas, você não tem motivo nenhum para isso — continuou a brincar, e virando-se para a nora: — Eva, por favor, o que é que está acontecendo com o seu marido?

Olhou para os dois com apreensão. Embora esperasse com ansiedade este dia, agora que havia chegado, não sabia exatamente como comportar-se. Na realidade, a decisão que tomara fora toda sua, nela tendo insistido muito, e, agora, apesar da calma que procurava demonstrar, o que estava sentindo era um friozinho na boca do estômago, como nos seus remotos tempos de estudante em vésperas de exame. Ah, se pudesse adiantar o relógio!

De longe viu o filho às voltas com a bagagem, carregando-a para o carro com o auxílio de Maria. Terminada a operação, o filho ficou à espera, andando de um lado para outro; numa das mãos segurava a sacolinha de seus remédios, da qual não tirava os olhos, como se receasse perdê-la.

— Já está tudo pronto, Iossl? — *ele* vinha caminhando devagar, de braço dado com a nora.

Num gesto automático, José acabou acomodando a tal sacolinha no banco do veículo e, depois, inexplicavelmente, dirigiu-se para o porta-malas, com a intenção de abri-lo.

Olhou atônito para o gesto do filho. A cena pareceu-lhe cômica, digna daqueles filmes dos Irmãos Marx. Estava aí sem dúvida um episódio bastante engraçado.

— Você quer mesmo que eu entre no porta-malas?

Percebendo o equívoco, o filho se pôs a rir.

Pouco depois, o carro partiu. Aquele dia apenas começava para *ele*.

2
IOSSL, NÃO LEVE AS COISAS TÃO A SÉRIO

Na primeira parte da viagem, por algum tempo ambos permaneceram em silêncio. *Ele* ficou a olhar para o filho que guiava compenetrado, esperando que este dissesse alguma coisa. Por fim, não se conteve:
— Iossl, por favor, não leve as coisas tão a sério, não se aborreça.
— Quem disse que estou aborrecido?
— Então, por que essa cara?
— Está bem, não se fala mais no assunto.
Após uma pausa, encostou a mão de leve no braço do filho.
— Será melhor para todos nós, creia-me.
— Mas, afinal, o que foi que aconteceu, pai? Não se sentia bem conosco?
— Que pergunta! Ora, gosto de vocês todos.
— Então, por quê?
Já haviam discutido tanto esse assunto. *Ele* voltou a responder com calma:
— Era preciso, mais cedo ou mais tarde.
— Mais cedo ou mais tarde?
— Sim, no fundo você sabe que tenho razão. Nessa altura da vida, continuarmos morando juntos, você acha que daria certo?

Nossos mundos, com o perdão da palavra, estão se tornando distantes, um acabaria perturbando o outro.

Tais palavras foram ditas com certo mal-estar. Tanto *ele* como o filho sempre foram discretos. Não estavam de maneira alguma habituados a trocar confidências, embora algumas vezes brincassem entre si, tomando liberdades, como é natural. Num ponto eram parecidos: nenhum deles gostava de se expor. Uma vez, referindo-se ao filho, este ainda adolescente, havia comentado com a esposa: "Nosso Iossle é um tipo fechado, você já notou, Sara? Esse garoto nunca se abre comigo". "Nem você lhe dá muita oportunidade" – retrucara-lhe Sara.

Seria isso totalmente verdadeiro?, indagou-se. Mesmo anos depois, quando trocavam idéias e opiniões, evitavam de algum modo o chamado terreno pessoal; assuntos íntimos dificilmente lhes vinham à baila. Mas isso, pareceu-lhe, era coisa de sua geração: as relações entre pais e filhos não tinham nem de longe a abertura igual à dos dias de hoje; e mesmo nos casos em que não houvesse barreiras maiores, ainda assim restavam sempre escrúpulos. Talvez fosse uma geração retrógrada demais, riu-se consigo, mas era a geração da qual fazia parte.

Esses pensamentos fortuitos (não era a primeira vez que lhe ocorriam) saltavam-lhe na cabeça, incomodando-o. Quem sabe fosse o caso de reconhecer afinal sua parte na culpa: por motivos diversos, não fizera o suficiente para aproximar-se do filho. Ora, não fizera o suficiente?

– Por que você não se abre comigo, Iossl?

José, interpelado desta maneira, por um instante desviou os olhos do trânsito e fixou-os nele, com o ar mais espantado do mundo. Eram olhos escuros e agitados.

– Em que está pensando, pai?

– Penso no que poderia ter sido – respondeu sério.

– Essa é boa! Eu estou preocupado com você, e você está pensando em coisas do outro mundo! Pai, desce para a terra um pouco, por favor. A propósito, quero que me telefone diariamente, tá? Vou querer saber de tudo.

O diálogo voltou a um tom mais sereno, mais descontraído.

– Bem, não vamos exagerar; telefonar todos os dias está fora de cogitação.

– Então, eu é que telefono, está bem?

Os dois riram. Ficou a olhar para o filho, o qual mantinha sua atenção voltada para o movimento dos carros, àquela hora bastante tumultuado. Fisicamente Iossl era parecido com a mãe ("Este filho é todo meu", dizia-lhe Sara): rosto redondo, lábios carnudos e nariz afilado. Seus cabelos escuros e crespos estavam agora começando a branquejar nas têmporas. Como arquiteto, pelo que podia julgar, era bastante criativo e, sem dúvida, um profissional bem conceituado entre seus colegas: autor de vários projetos, alguns até premiados. Era, porém, nas questões judaicas que suas posições quase sempre se distanciavam.

"Pai, não é nenhum tipo de modernismo de minha parte" – irritava-se José quando ouvia dele essa espécie de acusação que considerava gratuita, injusta. Quantas vezes lhe dissera isso?

O carro freiou bruscamente no farol, trazendo-o de volta para a realidade.

– Que foi? – *ele* perguntou assustado.

– Nada, apenas o sinal vermelho – respondeu o filho fazendo-lhe um gesto de calma.

– Mais atenção, meu caro.

Depois, quando já estavam próximos da quadra em que ficava o casarão do *Lar*, não se conteve:

– Sabe, Iossl? Essa iminência de rever velhos amigos está me deixando um pouco excitado.

José sorriu para *ele*.

– Com toda a certeza vai encontrar o professor Leibovitch, o seu velho companheiro de tertúlias.

– Ah, o Leibovitch! Não me lembro há quanto tempo não conversamos.

3

DÓCTOR

O *Lar* dos velhos ficava na parte mais alta daquele bairro. Era um casarão antigo, reformado, de dois andares, composto de muitos quartos, tendo à volta um jardim arborizado, com um bom número de bancos, uns de madeira, outros de ferro, todos pintados de verde.

Com a ajuda de um dos encarregados da recepção, *ele* percorreu algumas dependências. Logo nas primeiras horas ficou conhecendo a rotina da casa. O horário das três refeições, o horário da arrumação dos quartos, o horário de passear, o horário de encontrar-se com os demais pensionistas, o horário de recolher-se no fim do dia quando as luzes começavam a ser apagadas. Naturalmente, não esperava outra coisa, compreendeu que havia uma ordem para tudo.

Uma vez por semana, conforme lhe fora prescrito, teria de avistar-se com o médico, essa figura central da casa, a quem acabou sendo conduzido durante essa primeira manhã. Era o Dr. Jacob, conhecido na casa simplesmente pelo nome de *Dóctor*, com acento tônico na primeira sílaba, um sujeito bastante familiar, bem-humorado.

– Vamos ser bons amigos aqui, professor – disse-lhe o médico logo de cara, como se já o esperasse. – Hoje precisamos fazer um exame mais extenso, mais demorado; nas próximas visitas, espero não ter de importuná-lo tanto.

Pareceu-lhe um homenzinho amável, ativo; bastante bom médico, pelo que fora informado. Um tanto gordo, meia calvície, rosto cheio de vitalidade, não aparentava mais de 40 anos. Começou a entrevista preenchendo uma longa ficha. Entre uma pergunta e outra, ia soltando piadinhas, como tentando desanuviar a seriedade e a preocupação do novo paciente. De onde será que o conhecia? – indagou-se.

– O senhor se lembra de um ruivinho que ficava sentado no último banco da sua classe? – o médico perguntou de repente, sem levantar os olhos. – Pois era eu.

De fato, aquele rosto lhe era bastante familiar. Sim, agora começava a lembrar-se dele; dificilmente se esquecia de seus alunos, embora para reconhecê-los, muitas vezes precisasse descontar as naturais marcas do tempo.

– O que sei de judaísmo – completou o médico, assumindo um ar mais sério –, devo-o em boa parte ao senhor.

Ora, mais de três décadas tinham-se passado e agora, surpreendentemente, estavam um diante do outro.

– Andei lendo artigos seus na imprensa *idich* – o médico continuava a tagarelar –, sempre admirei seu humor. Ainda sei ler o *idish*.

"Certamente ele está tentando me consolar" – pensou consigo, constrangido –, "com certeza isso faz parte de sua tática para lidar com os novos pacientes".

– Faz tempo que não escrevo nada – sentiu-se na obrigação de esclarecer.

Então, o *Ianquele*, aquele ruivinho que tinha ótima memória – lembrava-se desse detalhe – agora é o nosso Dr. Jacob, ou melhor, o *Dóctor*! Quem diria? Inconscientemente se pôs a compará-lo com o falecido Dr. Feldman, o velho médico do Bom Retiro. Diferente daquele, o Dr. Jacob estava usando um avental branco, imaculado; tinha o porte respeitável de um médico de hospital e não de um andarilho de rua como fora o Dr. Feldman; com certeza era dos tais que recorriam a uma bateria de exames antes de firmar seu diagnóstico (como, aliás, estava acontecendo agora). Mas as diferenças, imaginou, não iriam ficar só nisso.

– Quando me lembro dos contos de Sholem Aleihem – disse o médico, de olhos baixos –, aqueles que o senhor lia para nós, não posso deixar de rir. Lembra-se? "Einga, beinga, stupa tzeinga, artze bartze, gole shvartze, eimele reimele, beiguele feiguele hop!"

Ora vejam só! Não pôde mais uma vez conter seu espanto.

– Sua memória continua boa! – permitiu-se observar.

– Agora eu o peguei, não foi, professor?

O médico pegou-o, sim. Sem dúvida o *Dóctor* era bem jeitoso, um homem com quem talvez se pudesse conversar, tal como em outros tempos com o Dr. Feldman.

– O senhor pode contar comigo – disse o médico.

No fim do exame, que fora longo e minucioso, *ele* perguntou:

– Então, como está minha saúde, doutor?

– Vou cuidar para que fique melhor. Naturalmente teremos de conferir os exames de Laboratório. Como é que o senhor se sente? Veja bem, não estou perguntando como médico.

Com certeza conhecia seu caso e lhe estava escondendo a verdade.

– Apenas um pouco perplexo – *ele* fitou-o nos olhos. – Aguardo com certa impaciência as próximas cenas.

– Seu senso de humor continua saudável, professor.

4

LEIBOVITCH, ONDE ESTÁS?

Foi logo pela manhã do segundo dia. Avistou-o no meio daquele jardim, sentado sozinho num dos bancos de madeira, à sombra de um pequeno arbusto. Ali estava o seu velho companheiro, o Leibovitch, a quem não via alguns anos. Sim, era o Leibovitch com seu olhar distante, sonhador, pensativo. De fato, já esperava com ansiedade este reencontro com ele. Reconheceu-o logo, apesar de tão mudado: ombros caídos, miúdo, perdera muito peso; o rosto era o que mais mudara. Meu Deus, como havia mudado!

Preparou-se para abordá-lo, não queria que visse nele qualquer sinal de decepção. Engatilhou uma frase, num tom alegre:

– Então, como vai o velho guerreiro?

O velho guerreiro! Aliás, naqueles tempos, Leibovitch era o líder da classe. Dominava as reuniões com sua voz potente, sua eloqüência, sua lógica inquebrantável. Dos professores então atuantes, era o mais antigo – trazia da velha Polônia uma longa experiência. Escritor e jornalista, seus artigos por jornais de Buenos Aires e Nova Iorque, embora escassos, lhe tinham granjeado renome nos círculos da *intelligentsia* judaica.

Aquelas antigas discussões sobre literatura que travava com o Leibovitch ainda lhe estavam presentes na cabeça. Lembrava-se de seus conselhos e mesmo de suas críticas quanto aos primeiros textos que lhe andara apresentando.

"Você, quando se põe a escrever, deveria tirar essa roupa convencional" – dizia-lhe Leibovitch. As palavras ressoavam-lhe na memória.

Leibovitch talvez fosse o único com quem *ele* pudesse conversar abertamente sobre tais assuntos. Bastante atualizado e, indiscutivelmente, de bom gosto, influenciou-o muito. Dizia-lhe:

– Você já notou? Os nossos clássicos, sempre que escolhem títulos para seus contos ou para seus romances, escolhem os mais simples. Nunca usam títulos pomposos. *Dos Kleine Mentschele, Die Kliatsche, Dos Messrl, Motl Peissi dem Hazens, Menahem-Mendl, Bontzie Schvaig, Dos Schtetl.*

Eram coisas diretas, puras, longe das sutilezas literárias com as quais *ele* se veria envolvido mais tarde.

Leibovitch não tinha a aparência de um intelectual. Parecia mais um "proletário", robusto, atarracado, usando sempre roupas simples, sem gravata. O pescoço forte, o rosto quadrado, os olhos irrequietos, eram muito mais de um homem de luta do que de um poeta delicado. Aliás, como escritor, considerava-se um escritor do povo.

Por muitos anos mantiveram boa amizade. Estiveram juntos nas lutas de classe (Leibovitch queixava-se demais da desunião entre os professores). Participaram de convenções e de congressos tumultuados. Freqüentavam-se mutuamente, estavam sempre um na casa do outro. Está claro que, ao longo de tantos anos, tiveram suas divergências. Uma vez chegaram a brigar a ponto de não se falarem por algum tempo. Mas isso passou.

Nos últimos anos, por motivos diversos, estiveram separados. Leibovitch, profundamente desapontado com o magistério, deixara de lado o ensino para abrir (quem diria?) uma loja de móveis: "Preciso ganhar a vida", argumentou na ocasião. Tivera posteriormente problemas familiares, saúde abalada e até mesmo depressões nervosas. Morrera-lhe a esposa e, pouco tempo depois, num acidente nunca explicado, a filha, envolvida na política. Mais tarde, sozinho e alquebrado, dera entrada no *Lar*.

A partir daí não se viram mais.

Nesta casa, nunca tivera coragem de visitá-lo. Por quê? Não o saberia dizer. Nesse tempo, *ele* próprio já estava padecendo de sua doença.

Agora tinha-o diante de si. A emoção do reencontro, com tudo o que pudesse trazer-lhe do passado, a retomada daqueles diálogos interrompidos, tudo isso o estava deixando agitado, inquieto, apreensivo.

– Leibovitch! – bradou de novo.

Só então este ergueu-se do banco e voltou-se com o olhar em sua direção. Mas parecia não reconhecê-lo. Estaria também tão mudado assim? Com certeza.

Caiu-lhe nos braços, apertou-o contra si, num gesto efusivo; depois afastou-se para poderem observar-se melhor.

Leibovitch encarava-o com uma expressão vazia, lábios trêmulos, incontroláveis; mantinha-se de pé com alguma dificuldade.

– Então, meu caro, como vai? – de novo lançou a pergunta ao estranho que tinha diante de si, tão diferente do seu companheiro de outrora.

Leibovitch conservava-se em silêncio. Tinha a aparência de um homem assustado. Tornou a sentar-se. Abstraído de tudo, dirigiu os olhos para longe dali.

"Meu Deus!", *ele* exclamou consigo.

AH, SARA, VOCÊ GOSTARIA DELE!

O quarto que lhe coube no *Lar* era tão pequeno quanto os demais. Medira-o a passos: três e meio de largura por quatro de comprimento, se tanto. A janela dava para uma área interna, com a vantagem de receber o sol da manhã. *Ele* tinha ajeitado os poucos livros que trouxera, alguns no interior do armário, outros de pé sobre a mesa, encostados na parede. Seus quadros ainda não tinham vindo, mas já havia planejado os pontos da parede em que iria pregá-los. A cama, encaixada num canto, era bem simples e um pouco alta para o seu gosto; *ele* próprio teria de arrumá-la todas as manhãs. Sobre o pequeno criado-mudo, no lado direito da cabeceira da cama, acomodara o seu velho relógio, que ressoava a cada meia hora. O rádio e a vitrola, com alguns poucos discos que possuía, acomodara-os debaixo da mesa ali existente, uma espécie de escrivaninha cheia de gavetas. Havia ao todo três cadeiras: uma, junto à mesa; outra, próxima dela, do lado direito, que poderia servir para eventuais visitas; e a terceira, entre o armário e a cama, sobre a qual, à noite, deixava sua roupa, mas que também tinha outras serventias. Trouxera um pequeno tapete persa, que estava estendido bem no meio do quarto. Isso era tudo.

"Ah, Sara, você gostaria dele! Um bom quarto! Tem de tudo. É tranqüilo, leve, alegre, Alegre? Bem, não devo exagerar. Com certeza, minha querida, você saberia decorá-lo melhor: algumas plantas, algumas flores, quem sabe uns pássaros, ainda que estes sejam aqui proibidos. Com certeza mudaria a posição da cama, da mesa, das cadeiras. Acrescentaria um porta-chapéu como aquele que tínhamos em casa. Teríamos enfim um belo atravancamento, um atravancamento com muito estilo.

"De certo modo, todo ele me faz lembrar o quarto de dormir de nossa primeira casa, a da Correia de Mello. Por quê? Não sei. Ah, como éramos felizes com tão pouco! Naqueles tempos, querida, sabíamos rir.

"Você se lembra dos nossos vizinhos? Nossos primeiros vizinhos? Os Bromberg, com sua filha única, que tocava violino. Eles eram tão pobres! Pois bem, também aqui tenho bons vizinhos. Do lado direito de minha porta, num quarto pouca coisa maior do que o meu, mora o casal Sr. Rolf e D. Elza. Pelos nomes, você já deve ter percebido: trata-se de um casal de *ieques*. Ah e que *ieques*! Embora não devesse generalizar, quer-me parecer que os *ieques* desta casa têm muita coisa em comum com todos os *ieques* que eu conheci. Do pequeno e selecionado grupo, com o qual estou agora começando a tomar contato, este Sr. Rolf, sem nenhum favor, destaca-se como o seu mais legítimo representante. Ele é o mais *ieque* dos *ieques*. Disciplina, pontualidade, intransigência, pelo que já me deu para notar, não são para ele conceitos relativos. Não estou brincando. Você quer saber como é a aparência dele? É um tipo gordinho, cara de lua cheia, bigode ralo, usando paletó e gravata em todas as ocasiões; ele me lembra às vezes, pelo aspecto físico, o *Gordo*, da famosa dupla de cinema, naturalmente sem as trapalhadas deste. Quem faz aqui o papel do *Magro* é a sua esposa, D. Elza, que, de fato, é magra, tem um ar ingênuo e está sempre sacudindo a cabeça em apoio ao marido. Mas, na verdade, eles formam uma dupla muito séria; cumprimentam-me sempre no mesmo tom: *Gut morguen, Herr Proféssor! Gut avent, Herr Proféssor! Aufviderzein!* Ah, como tenho vontade de rir!

"Ainda não lhe falei de minha outra vizinha: é uma viúva. Não precisa ter ciúmes, não; trata-se de uma pobre senhora, meio esclerosada, com altos e baixos. Seu nome é Sheindl, um nome interessante. Fiquei conhecendo estes dias sua filha, que anda bastante preocupada com ela e costuma visitá-la em dias alternados. Imagine que me disse que a mãe é uma pessoa tímida, mas companhia agradável, gosta de se vestir bem, canta, toca piano e tem outras prendas. Estará, meu Deus, querendo me empurrar um *shidah*? Não, não se preocupe, Sara; não vim aqui para isso de maneira alguma. Há uma coisa que lhe preciso confessar: vejo muitos tipos excêntricos nesta casa.

"Bem, querida, vou parando por aí, não tenho agora tempo de lhe contar tudo. Preciso ir descendo, senão perco os serviços do *Shabat*. Aliás, temos aqui uma pequena Sinagoga, pequena porém distinta. Mais tarde falarei dela para você, está bem? Vou sair correndo. *A gut shabes, Sara, a gut shabes!*"

2ª PARTE

*SUBSTÂNCIA,
A REALIDADE QUE PERMANECE ATRÁS*

1
FREQÜENTANDO A SINAGOGA

Quando *ele* chegou aquela manhã de sábado à Sinagoga, já havia um público razoável. Procurou um lugar para sentar-se, mas antes que o fizesse, Sr. Rolf, seu vizinho de quarto, e que era ali o *chames*, veio correndo ao seu encontro.

– *Gut shabes, Herr Proféssor* – Sr. Rolf cumprimentou-o com bastante polidez; seu paletó, fechado precariamente por um botão, mal lhe ocultava a ponta da barriga. – Venha sentar-se na frente.

Sr. Rolf, responsável supremo pela disciplina da casa, levava-a muito a sério. Pelo que se contava, desde que assumira voluntariamente tal função, os serviços religiosos transcorriam com ordem e respeito. Havia nisso um exagero de *ieque*, comentavam. Era só alguém levantar-se sem necessidade, para receber dele um frio olhar de advertência. Só dava permissão em determinados momentos: era quando ele próprio se levantava, punha-se de frente para o público e fazia um sinal discreto virando as palmas da mão para cima. Outra exigência dele, da qual fazia questão: não se podia abrir a boca durante o serviço, a não ser, é claro, para acompanhar as rezas e para o devido amém. O cidadão que se atrevesse a ir mais longe era logo chamado à ordem com um seco *pshit*.

Em geral a Sinagoga do *Lar* nesses serviços matinais do *Shabat* contava com uma boa freqüência, o que não era comum nos demais dias da semana.

– Sente-se, *Herr Proféssor* – disse-lhe respeitosamente Sr. Rolf, após acompanhá-lo até a cadeira.

Conforme pôde observar, o *hazan* já se encontrava a postos. Era o conhecido Léibele, um pensionista veterano, cuja boa voz de barítono, ainda bem conservada, lhe assegurava o pleno direito de exercer essa função.

O relógio do corredor bateu as horas. Sr. Rolf, nesse exato momento, tal como um maestro, deu o sinal ao Léibele, e este iniciou as orações.

Além das figuras de Léibele e Sr. Rolf, havia outras que lhe chamavam a atenção. Lançou os olhos à volta: estavam ali os habituais grupos de ortodoxos, de conservadores, de liberais e até de reformistas; conforme já tinha observado, essas curiosas facções, que lá fora costumam manter-se afastadas, aqui estavam juntas, sentadas lado a lado, aparentemente num clima de boa convivência.

Perto dele, estava sentado o "leitor" da *Torá*, *Reb* Guetzl, homem de plenas convicções ortodoxas, ostentando sua respeitável barba branca.

– Como está indo? – dirigiu-lhe a palavra *Reb* Guetzl, procurando esconder a boca com a palma da mão. – O senhor já repassou a *prashá* desta semana? É muito linda, muito linda mesmo.

Mais adiante encontrou os olhos irônicos do Vélvele Zaltzberg, seu velho conhecido: baixote, meio calvo, óculos de lentes grossas, ali estava, envergando um surrado *talit*. Já tivera oportunidade de conversar com ele e de novo se surpreendera com os seus conhecimentos. Autodidata, discorria com incrível fluência sobre uma variedade de filósofos e escritores; mas Spinoza era a sua grande especialidade.

Separadas dos homens pelo espaço de um estreito corredor, as mulheres ocupavam lugares na ala à direita da entrada, o que, de certo modo, representava uma conquista do grupo dos liberais, com o natural constrangimento dos ortodoxos, que não admitiam essa proximidade. Bem vestidas, algumas com xales sobre a cabeça, mantinham-se em silêncio, cheias de expectativa. Lançou-lhes um rápido olhar, curioso de ver quem estava ali e se conhecia alguma.

– Ah, Sara, certamente você faria boa figura entre elas.

– Como é que você se sente, querido? – a voz familiar de Sara entrava-lhe nos ouvidos.
– Estou me sentindo bem, não tenho queixas.
– Que é que você acha desta casa?
– Não é má, acabarei me acostumando. Não deve se preocupar comigo, Sara.

Por fim, abrindo o *sidur*, ele se deixou embalar pelas orações. Léibele, o *hazan*, entoava-as com todo o fervor.

2

VÉLVELE ZALTZBERG

De fato, *ele* já conhecia o Vélvele Zaltzberg muito antes de encontrá-lo no *Lar*. Mas não o suficiente. Aqui, tendo-o à mão, começou a avaliá-lo melhor.

De sua parte, Vélvele, que necessitava de um ouvinte em quem pudesse descarregar seus monólogos, começou a aproximar-se dele. Falava um *idish* perfeito, elegante, cheio de metáforas. Possuía bom conhecimento não só de autores judeus, como também de autores de outras línguas. Embora não fosse um tipo dado a lirismos, outro dia ouvira-o recitar do poeta Bialik um poema. Mas o seu forte mesmo estava no campo da filosofia, tendo como base o Spinoza, de quem surpreendentemente sabia tudo.

Já desde o início, Vélvele tomou o costume de convidá-lo para caminharem juntos. Homem pequeno e fraco, capengava ligeiramente de uma perna, por isso estava sempre um passo atrás. Qualquer pretexto servia-lhe para deflagrar seu longo discurso, que vinha todo arrumado, bem construído. Em geral, ao referir-se à figura solitária de Spinoza, que vivia sempre em seus pensamentos, era como se falasse de um amigo íntimo, de um companheiro do peito, cujas idéias profundas não tinham para ele nenhum segredo. E quando comentava os fatos marcantes da vida deste, o anátema em que fora lançado, o isolamento no meio de seu povo, o afastamento da família, era como se tudo acabasse de ocorrer há poucos dias.

– Os estudiosos modernos que analisam Spinoza – afirmava-lhe Vélvele sem nenhum pedantismo – esbarram quase sempre em sua terminologia. Mas é preciso ter em mente que ele, escrevendo em latim, só podia expressar-se por meio de termos medievais e escolásticos. Esclarecido esse ponto, fica mais fácil compreendê-lo.

Vélvele falava-lhe sério, e era com certa volúpia que citava as definições contidas principalmente no livro da *Ética*.

– O próprio Goethe converteu-se depois de lê-la, sabia? Goethe, a partir daí, libertou-se completamente do rançoso romantismo de seu Götz e de seu Werther.

Diante de questões impertinentes que certos pensionistas levantavam com o intuito de confundi-lo, ele não se abalava e respondia-lhes com toda a seriedade possível. Antes de entrar, porém, na resposta, por sinal que sempre completa, fazia questão de definir, na melhor tradição de seu mestre, todas as palavras-chaves que iria empregar. Não queria que pairasse dúvida. Como se não bastasse, insistia na definição da famosa terminologia "substância, atributo e modo", de que fatalmente acabava se valendo. Tudo isso por vezes fazia dele um maçante.

– Essa realidade invariável que permanece atrás de todas as coisas é que se chama Substância. Substância é o que é, o que eterna e imutavelmente é e do qual tudo o mais não passa de forma ou modo passageiro.

E Vélvele ainda concluía, repetindo com a maior gravidade:

– Aqui, sou obrigado a reconhecer, é possível que meu amigo Spinoza se tenha impressionado com o "Eu sou o que é" do Gênesis. Afinal ele era judeu, e bom judeu.

Na última tarde, quando caminhavam pelo jardim, Vélvele de repente foi acometido por sua implacável cólica renal. Teve de interromper a caminhada, e se arrastou até o quarto. Seu rosto estava lívido. Junto da porta, antes de entrar, balbuciou:

– Não se preocupe comigo, não é nada.

– Não quer que eu chame o médico? – *ele* ficou preocupado.

– Ora, por causa dessa dorzinha? – Vélvele tentou esboçar um sorriso. – O que é a dor, meu amigo? Como diria Spinoza: é apenas a transição humana de um estado de perfeição maior para outro menor, nada além disso.

O Vélvele tinha suas poses.

3

UMA NOITE ESTRELADA

Terminado o jantar, saiu para a varanda. A noite estava estrelada. Pouco depois chegaram Sr. Rolf e D. Elza, o casal a quem *ele* chamava intimamente de "o Gordo e a Magra".

— Podemos sentar ao seu lado, *Herr Proféssor*?

Sr. Rolf, cheio de cerimônias, esperou a esposa acomodar-se, só depois é que se dignou puxar uma cadeira para si.

— Uma noite maravilhosa, não acha, *Herr Proféssor*? — Sr. Rolf fez o comentário enquanto retirava lentamente do bolso seu cachimbo e a pequena bolsa de fumo. — Eu disse para Elza que deveríamos sair e respirar um pouco o ar fresco da noite, em vez de ficarmos metidos na sala, ouvindo esse noticiário medonho. *Main gott*, que mundo terrível o que se vê na televisão!

Sr. Rolf fez uma pausa, deu três baforadas e o fumo se espalhou pelo ar.

— O senhor não se incomoda, não? Não acho justo ficar pitando na presença de quem não é fumante.

— Fique à vontade, Sr. Rolf — respondeu, sem tirar os olhos do casal.

D. Elza mantinha-se na sua cadeira em silêncio. O marido, porém, como tudo fazia prever, estava disposto a conversar.

– O senhor já se acostumou com a nossa casa, não é verdade, *Herr Proféssor*? Ah, eu e Elza levamos um bom tempo! Não foi nada fácil ficar longe da família, creia-me. O senhor tem filhos, não é?
– Sim, tenho um filho único.
– Nós temos dois filhos e uma filha. Todos casados, graças a Deus. Já nos deram sete netos, quatro meninas e três varões. Esse seu filho, como é que se chama?
– José.
– Ah, Iosef!
– Chamo-o de Iossl.
– Que que ele faz?
– É arquiteto.
– Bela profissão. Tem filhos?
– Só um, o nome dele é Gerson, chamo-o de Guershom.

Do meio do jardim, mergulhado nas sombras, vinha o zunido monótono dos grilos. Sr. Rolf olhou para D. Elza, como esperando dela algum aparte.

– Sua nora, se não me equivoco, passou aqui ontem, não é verdade?

Sr. Rolf, pelo visto, sabia de tudo, nada lhe escapava.
– Sim, Eva me trouxe alguns livros.
– Ah, Eva?!
– Sim.
– Vejo que a família tem queda para nomes bíblicos!
– Eva é um nome comum.
– O senhor se dá bem com ela?
– Muito bem.
– Não são todos que se dão bem com suas noras, não é verdade, Elza?

D. Elza meneou a cabeça, em sinal de aprovação.

Ele olhou para ambos, achando que poderia ser mais amável. Afinal, eram seus vizinhos de quarto, e, como dizia Sara, sua sábia esposa, é sempre prudente manter uma política de boa vizinhança.

– Admiro o seu trabalho na Sinagoga, Sr. Rolf. O serviço do último *shabat* foi primoroso.

A observação atingiu o alvo; era visível a satisfação do ouvinte.

– Soube que o senhor é autor de vários livros – disse de repente Sr. Rolf. – Vou lhe fazer uma proposta, se me permite. O senhor sabe que temos aqui, pelo menos uma vez por quinzena, uma noitada especial. Por que o senhor não nos lê alguns contos? Será uma espécie de sarau literário.

Meu Deus, *ele* julgava que, aqui no *Lar*, ninguém iria incomodar-se com *ele*, ou ao menos pedir-lhe coisas desse tipo.

– Mas o que é que vocês fazem nessas noites?

– É melhor o senhor dizer *nós* e não *vocês* – retrucou Sr. Rolf, olhando-o nos olhos. – Agora o senhor também faz parte desta casa. Portanto é um dos nossos.

Após um momento de espera pela reação dele, que não veio, Sr. Rolf prosseguiu:

– Da última vez, o maestro Holtzer encantou-nos no piano com vários trechos de operetas. Alguns casais chegaram até a ensaiar uns passos de dança. Foi realmente uma noitada muito divertida. – E acrescentou com entusiasmo: – Tivemos também conferências sobre Hertzl e Chaim Waitzman.

– Bem, seu convite é muito amável, Sr. Rolf, vou pensar no assunto.

D. Elza interveio pela primeira vez:

– Rolf, por favor, deixe o *Herr Proféssor* em paz.

– Você tem toda razão, Elza. Me perdoe, *Herr Proféssor*, não quis ser indelicado.

– Não, o senhor não foi.

Afinal *ele* tinha de reconhecer: *ele* era também um membro da casa, e quanto antes fosse se acostumando, melhor. Fez um gesto amistoso, apontando para o céu.

– Que noite maravilhosa!

– Sem dúvida, uma noite maravilhosa, *Herr Proféssor*!

D. Elza, ao ouvir esses comentários, respirou fundo. Lá no alto, estrelas solitárias piscavam interminavelmente.

3ª PARTE

ALGUNS PENSIONISTAS CONTRASTANTES

1

CONHECENDO OS VIZINHOS

– Então, o senhor está começando a conhecer os seus vizinhos, professor? – a pergunta do *Dóctor* tinha um tom bem-humorado.

Ele de fato começava a conhecê-los, ainda que em caráter superficial, dos mais simples aos mais importantes. Suas histórias e seus casos, em boa parte, lhe chegavam ao conhecimento por intermédio do Vélvele Zaltzberg, que sabia de tudo e tinha um dom especial para contá-los. E mesmo do que Vélvele não lhe contava, podia preencher plausivelmente uma ou outra lacuna, recorrendo à sua própria imaginação. Haveria ainda de se defrontar com muitas outras coisas que o deixariam espantado e muitas vezes perplexo.

TIA MIRIAM

Dentre as mulheres desta casa, Tia Miriam pode ser tomada como uma das mais controvertidas, diz Vélvele Zaltzberg. Ninguém sabe dizer ao certo por que a chamam de *Tia*, já que não é aqui tia de ninguém. Talvez porque ela fale constantemente de uma sobrinha que mora no Rio, única parenta sua.

Mesmo nos horários de almoço, ao descer para o refeitório, está sempre com batom carregado nos lábios, pó-de-arroz nas faces, sobrancelhas e cílios pintados e, sobretudo, perfumada. Vem com o seu chapéu de ráfia e a bolsa de crocodilo pendurada no braço. Ao vê-la, os homens sorriem e as mulheres cochicham entre si, embora todos já estejam acostumados com a pose que ela ostenta. Tomam-na por uma personagem viva de opereta.

– Ela está à procura de seu Conde Danilo – vivem comentando algumas mulheres, nada satisfeitas com o tipo de expressão que vêem desenhar-se no rosto de seus parceiros.

Terá seus setenta anos, mas a postura dela é de uma mulher que não admite essa idade. Sem dúvida vive em mundo de sonhos, e quem quiser conversar ou conviver com ela tem de entrar neles.

– Bom dia, cavalheiros e damas.

Pelas costas, riem-se dela.

– Vamos ter um dia lindo, não acham?

— Sem dúvida, um dia maravilhoso – responde-lhe um dos homens.

Sua ligeira papada, escondida entre as golas altas de seus vestidos, é uma deficiência de que ela dificilmente se esquece. Por isso, poucas vezes ergue a cabeça para não torná-la mais visível, nem a abaixa demais para evitar a formação do queixo duplo. Os cabelos, de um azulado claro, estão sempre bem tratados, embora ande sempre a cobri-los com seus chapéus extravagantes. À noite, não dispensa o chapéu escuro para combinar com o inevitável vestido preto do tipo *soirée*, que lhe vem até o tornozelo.

O relacionamento dela com a maioria dos hóspedes é cordial, mas sem grande intimidade. Apenas cumprimentos formais, frivolidades sobre o tempo, uma ou outra observação a respeito da saúde. O máximo a que se permite divagar, quando os outros lhe falam de filhos ou de netos, é quanto à tal sobrinha, de quem diz receber cartões postais do estrangeiro. Nesse ponto, não mede as palavras.

— Minha sobrinha e seu marido gostam muito de viajar – informa com o ar de quem sabe o que isso significa.

A sobrinha ora está em Londres, ora em Paris, ora em Veneza. Um dia, Tia Miriam não se conteve e revelou com orgulho:

— Agora estão passando uma temporada em Viena. Viena é o berço da nossa família.

Mas a tal sobrinha, na realidade, nunca ninguém a viu. Alguns suspeitam de que não passe de mera ficção.

— Ah, essa Tia Miriam! – murmuram.

Quase todos do *Lar* recebem visitas deste ou daquele parente; de quando em quando, como é natural, passam os fins de semana na casa dos filhos ou dos netos. Tia Miriam, no entanto, faz parte de um grupo minoritário que não sai, nem tampouco recebe visitas; em compensação, nos sábados e domingos, que são os dias da semana em que mais vem gente de fora, ela se pinta, escolhe um vestido estampado de flores e desce para o salão. Seus olhos brilham como se fosse participar de uma grande festa. Chama a atenção dos visitantes, quer pelo seu traje, quer pelos seus modos.

— Quem é essa senhora?
— Ora, é a Tia Miriam! Está esperando alguém.

Passeia pelo jardim, fazendo girar sobre a cabeça sua sombrinha colorida. Encara a todos como se fosse a própria anfitriã da casa a receber sua família. Terminadas as visitas, recolhe-se. À noite, quando aparece no refeitório, já de vestido e chapéu trocados, comenta:

– Que dia agitado tivemos! Quantas emoções!

Alguns dos homens a cortejam abertamente, o que de certo modo enche as mulheres de ciúme e de inveja. Mas nada de tão sério a ponto de perturbar a boa ordem e a paz existentes. No fundo gostam dela, pois esse seu modo de falar, seus gestos afetados, seus vestidos extravagantes, seus chapéus fora de moda, despertam-lhes lembranças nostálgicas de um tempo romântico de suas próprias vidas. Dentro das pessoas há esses pontos de ambigüidade inevitáveis.

Houve um pequeno episódio recente envolvendo Tia Miriam com alguns pensionistas, ao qual Vélvele Zaltzberg se refere com certa malícia. Uma noite, logo após o jantar, quando Tia Miriam surgiu no salão com seu vestido *soirée*, alguém querendo brincar com ela, numa alusão ao seu passado misterioso, pôs na vitrola um disco com a ária *Viúva Alegre* de Franz Lehar. Todos fixaram os olhos nela. Por um momento reinou naquele ambiente certo clima de mal-estar. Mas Tia Miriam teve uma reação curiosa Não disse nada, ficou parada sorrindo, depois fez uma breve mesura. Fechou os olhos e, para espanto de todos, saiu rodopiando pelo salão, ao som da valsa antiga, como se estivesse dançando com alguém.

3

KOPQUE, O HOMEM DAS COXILHAS

Vive também no *Lar* um gaúcho, o Kopque. Muitos anos atrás, tendo perdido a esposa, viera para São Paulo morar com a filha. Mesmo não se dando bem com a grande cidade, "um clima *malito*" como ele próprio dizia, teve de ir ficando. Agora está vivendo no *Lar*.

Fala o *idish* como um *litvac*, e o português tal como um gaúcho que passou boa parte da vida montado em cavalos ou puxando carretas. Tem a mansuetude dos homens do Sul.

– *Buenas* – cumprimenta, batendo com o dedo na aba do chapéu.

Apesar da idade, ainda conserva seus próprios dentes. Cara longa e curtida do sol, lábios grossos escondidos sob o farto bigode branco a lhe cair nos cantos, não tem nem de longe a aparência tradicional de um judeu devoto. Não obstante essa discrepância, comporta-se e reza tão bem quanto qualquer outro.

– Pois *les* garanto – diz, sem disfarçar seu orgulho –, já fui, lá em nossas colônias, *baal-tefile* dos bons.

Um bom sujeito esse Kopque, reconhecem todos; só os seus modos, adquiridos no duro convívio com o campo, dos quais nunca se livrou, é que não são lá dessas coisas. Cuspinha nos lugares mais impróprios e, quando lhe chamam a atenção, olha surpreso e diz:

— Tenho mais de setenta no lombo, e nunca homem de barba, nem que fosse um *ss... seiguetz*, me falou uma coisa dessas.

Esse "seiguetz" sibilante, radical, traía sua origem de *litvac*. A maioria dos colonos de Barão Hirsch eram *litvaques* da melhor cepa; lá ninguém estranhava esses "ss". Mas aqui no *Lar*, muitos dos pensionistas, principalmente os *ieques*, chegam a sorrir dele com certo ar de zombaria. Aliás, Kopque, por sua vez, também acha engraçado o modo como estes *ieques* falam entre si.

— Ainda que mal *les* pergunte — indaga ele aos *ieques* empinados —, isso é mesmo *idish*?

Meio abismado com o que escuta, sai resmungando.

— *Hai* judeu de todo jeito — repete, abanando a cabeça.

Kopque, que gosta de um bom dedo de prosa, não escolhe o momento, nem o lugar. Até mesmo nos velórios, dá de contar seus "causos" engraçados. Só lhe proíbem de trazer ali seu chimarrão.

— Pois *les* garanto que me faz falta, bastantinho!

Como a voz dele se levante mais do que o necessário, pedem-lhe imediatamente que a abaixe.

— Não vou despertar o defunto, *tchê* — retruca ofendido. — Este já está bem morto, no regaço de Deus.

Fala de tudo: da "revolução" de trinta, das trabalheiras nos campos de trigo, dos primeiros tempos enfrentando os problemas de sobrevivência, das invejas que tinham entre si, até mesmo do bagual que um ou outro colono possuía, de algumas brigas e rivalidades por causa de ninharias, de alguns casos de lepra, do tempo da colheita da qual tanto dependiam, dos casamentos tortos, dos bailes em Erebango ou em Quatro Irmãos.

— Indo para Passo Fundo, vezes sem conta tive de dormir ao relento, deitado no meu pelego. Mas tinha o revólver à mão.

Falava também de um bandido chamado Antoninho.

— *Hai* gente de toda a espécie, este era da pior. Podia matar só para roubar uma única rês. Mas só matava quando *le* pegavam em cima roubando. No mais era um gaúcho sossegado.

Todos já conheciam esses "causos" do Antoninho. O Kopque é incansável com eles, como se o bandido do qual tanto fala tivesse mais de mil vidas.

— Pois um dia — contou ele, numa noite de velório —, dei de cara com o Antoninho no meu campo, eu tinha apenas um facão.

As pessoas presentes olharam para ele com ar de surpresa; ainda não tinham ouvido esta história.

– Antoninho vinha a pé, solito. Não deixou de me dar o cumprimento. "*Buenas*, seu Kopque", disse o fascínora, jeito sossegado, chapéu virado na nuca.

Kopque fez uma pausa, para ver se todos prestavam atenção.

– Vi logo que ele tinha vindo para alguma coisa ruim. Quando perguntei o que fazia no meu campo, respondeu: "Para *le* ser franco, vim buscar uma rês minha, perdida no mato". "Se encontrar *le* devolvo", reagi de pronto. Pois não é que o homem baixou o focinho e se foi em paz. Aquele dia, *les* garanto, Deus, nosso grande Deus de Israel, esteve comigo.

Kopque, tendo chegado a esta passagem, não resistiu e cuspinhou para um dos lados, sob o olhar inquieto dos ouvintes. Já sabendo que, para ele, o Antoninho de algum modo representava um dos *taivlonim* da vida, esse relato pareceu-lhes incrível.

– Ele nunca foi preso? – quis saber alguém.

– Que eu saiba, não. Um dia, porém, o fascínora desapareceu para sempre. Uns dizem que ele migrou para bandas mais férteis, outros dizem que morreu peleando num capão com colegas bandidos. No meu modesto parecer, Antoninho continua vivo e muito vivo.

Outro procedimento extravagante do Kopque que perturba o sossego do *Lar* é quando, à tardinha, não havendo com quem prosear, ele vem sentar-se no banco do jardim. Depois de um bom tempo olhando o horizonte, espalma as mãos junto à boca, e solta sua voz, uma voz rouquenha, que ecoa por toda a parte:

– Oi Barroooso... oi Mimooosa...

4

MENDL, DER LINKER

Baixinho, franzino, com seus ombros caídos, olhos mansos, meio apagados, assim quieto ao lado dos outros – Vélvele Zaltzberg assume um ar muito sério quando fala desse pensionista –, ninguém pode imaginar que se trata do mesmo homem que anos atrás foi militante comunista dos mais atuantes, perseguido implacavelmente pela polícia e vivendo boa parte do tempo na clandestinidade.

Sua saga, quem não a conhece? Preso tantas vezes, espancado como um cão, com dentes quebrados e aleijões permanentes, nunca deu mostras de medo ou abatimento; ressurgia sempre das sombras com renovada pertinácia e surpreendente entusiasmo.

No Bom Retiro daqueles tempos ganhara um nome: Mendl *der Linker.* Para uns, nome sério; para outros, engraçado. Sua família morava numa pequena vila da Rua Prates; inúmeras vezes fora cercada pela polícia na calada da noite, deixando os vizinhos em polvorosa, e seus pais e irmãs no meio da rua, cobertos precariamente de lençóis ou de mantas.

É preciso, no entanto, que se diga: essa carreira política e ideológica do Mendl, cheia de peripécias, permeada de sobressaltos e sacrifícios, dedicada ao *Partido* com uma fidelidade canina e uma convicção inabalável, esteve assinalada em algumas ocasiões por atitudes contraditórias. A primeira delas foi por ocasião da morte do velho pai, quando Mendl, que andava foragido, apareceu no *shil* para rezar o *cadish*, o que sem dúvida pegou a todos de surpresa. Outra foi quando se soube que seu filho recém-nascido fora levado ao *mohel* para a circuncisão, conforme prescreve o costume judaico. A mais grave de todas, porém, ocorreu quando ele se rebelou contra o *Partido*; este, seguindo a nova orientação que vinha lá da *Pátria Socialista*, começava a manifestar-se contra Israel. Dizem que Mendl, nessa oportunidade, foi tomado de uma grande e irresistível frustração.

Na sua obscura fase de transição, ele andou um par de anos arredio e marginalizado; em seguida, passou a trabalhar no comércio. "Aburguesou-se afinal", diziam dele no Bom Retiro. No fim, teve problemas sérios de saúde, tropeços de várias ordens, envelheceu rapidamente e o seu espírito deixou de ser o mesmo. Agora, vive no *Lar*.

Em algumas coisas Mendl não mudou. Não freqüenta a Sinagoga, nem mesmo nas grandes festas. Seria algum tipo de coerência com seu passado "materialista"?

– Mendl não passa de um grande teimoso – comentam vários pensionistas que o conhecem; dizem-lhe isso na cara, sem maldade. Ele apenas esboça um sorriso e fica sem lhes dar resposta.

Como os demais hóspedes da casa, ele também costuma assistir aos noticiários de televisão. Mas fica num canto em silêncio, nunca abre a boca para se manifestar.

– Então, Mendl, que acha dessas reviravoltas na *Pátria Socialista*? – provocam-no seus conhecidos.

Em outros tempos ele responderia. Aliás, naqueles tempos tinha resposta para tudo; era só invocar a verdade do *Partido*. O *Partido* não erra, o *Partido* é a própria corporificação da idéia revolucionária da História. Havia uma dialética que nunca falhava.

– Fale-nos um pouco do presídio em que você esteve, Mendl. Que tal foi conviver com criminosos? – provocavam-no inutilmente.

Aqui no *Lar*, os hábitos de Mendl são normais. Segue todas as regras da casa, acorda e se recolhe nos horários certos, colabora com todos, não tem queixas contra ninguém. Sua voz é mansa. Em suma, é um sujeito pacato e inofensivo.

Alguns tentam brincar com ele: "Bom dia, camarada! Como vão as coisas *tavarich*?"

É comum vê-lo perambulando pelos corredores, pelas salas, pelo refeitório, por toda a parte. Sobe e desce escadas. Com passos lentos, arrastados, respiração arfante, não pára de caminhar. Vai de um lado para outro, à procura de alguma coisa. Às vezes cantarola para si próprio. Que é que Mendl cantarola? É um velho estribilho, o estribilho da *Internacional*: "De pé, ó famélicos da terra... de pé, ó famélicos da terra..."

MOTL, O CORINTIANO

Nada mais disparatado do que encontrar nesta casa um tipo como o Motl – Vélvele se ri quando fala dele. Não seria nenhum exagero tomá-lo como o corintiano mais fanático do *Lar*; na verdade, tirando alguns enfermeiros, um ou outro funcionário da administração, não há por aqui muitos torcedores. Dos únicos que possivelmente entendiam alguma coisa do chamado "esporte bretão", como o próprio Motl costuma dizer, havia de início dois hóspedes, mas, estes, doentes e um tanto envelhecidos, não haviam durado muito. O fato é que, sobre futebol, Motl não tinha mesmo com quem falar.

No começo todos achavam muito estranho ver esse homem grudado num radiozinho de pilha a ouvir ruidosas narrações de partidas de futebol. Mas, para ele, Motl, aquela algaravia toda que ouvia em seu minúsculo aparelho era uma música tão deleitável quanto qualquer sinfonia de Beethoven.

– Vocês gostam do tal Beethoven, não é? – dizia ele para a turma de *ieques*, quando estes ligavam a vitrola –, eu gosto é da música que vem deste meu rádio, gosto da voz do locutor: Gooooool! Gooooool do Coríntians!

Os *ieques* olhavam para ele com o desprezo que merecem as criaturas inferiores. Diante de tais olhares, Motl, que é um sujeito alto, com cara de lua cheia, e uns ares de garotão apesar dos cabelos brancos, ficava meio sem graça.

Pois era só com o seu radiozinho de pilha que ele tinha de contentar-se; o aparelho de televisão, de uso coletivo, por voto da maioria estava sempre reservado a outro tipo de programa.

– Pelo amor de Deus, hoje tem Coríntians – implorava.

Aos domingos pela manhã, procurava desde logo "cabalar" votos entre os que viviam grudados na televisão.

– Vai ser uma transmissão direta, um jogaço, ao vivo! – dizia-lhes Motl angustiado.

Ninguém lhe dava ouvidos, o que eles queriam era outra coisa: filmes ("drogas de filmes água-com-açúcar"), programas de auditório ("estou cheio desse Sílvio Santos"), documentários didáticos ("não estou mais em idade de escola"), concertos de Beethoven ("ti-ti-ti-ti, isso só me leva ao sono").

– Minha gente, hoje vai ter Coríntians – anunciava pelos quatros cantos. – Está certo, não temos mais um Teleco, um Baltazar, um Luizinho, mas ainda temos Sócrates, Casagrande, Zenon. Vamos lá, minha gente.

Riam dele. E ligavam a televisão para assistir a um documentário sobre focas. Ah, mas ele se vingava na hora certa elevando o volume do seu radiozinho cheio de estática. Soltava urros quando algum jogador do Coríntians enchia o pé marcando o gol da vitória, ou o gol do empate, ou qualquer gol, nem que fosse um golzinho miserável.

– Gooooool! Gooooool do Coríntians!

– Pshi, silêncio, *goi* – caíam em cima dele.

– Meu Deus, um gol maravilhoso do Sócrates, e vocês me pedem silêncio!

Soltava outro berro e saía da sala, eufórico, vermelho, comemorando a vitória espetacular de seu clube. Comemorava sozinho, é verdade, mas comemorava. Não era como nos velhos tempos, quando podia comentar horas inteiras jogadas desse ou daquele craque, seus dribles, suas cabeceadas, seus passes geniais. Agora, metido em seu quarto solitário, ele apenas podia falar sozinho.

Um dia foi chamado ao gabinete do Diretor. Este conhecia todos os internos e, de certo modo, tratava-os bem, naturalmente sem descuidar-se da disciplina.

— Motl, nada temos contra seu Coríntians, mas você não pode continuar perturbando a ordem da casa, feito um baderneiro. Está entendendo? Vamos parar com esses urros medonhos, afinal não estamos numa Copa do Mundo. Vá ouvir seu rádio em outra sala.

Motl chegou a empalidecer. Arrancou do bolso a sua amarfanhada carteirinha, por sinal já muito conhecida, e a exibiu com as mãos trêmulas.

— Por favor, dê uma olhada no meu número. Sou dos primeiros sócios. Quando o Coríntians jogava na várzea, eu já tinha carteira, ouviu?

Fez-se uma longa pausa. Motl nunca fora homem de chorar, mas a voz dele daquela vez estivera bastante embargada.

— Eu acho que merecia um pouco mais de consideração — explodiu. — Não me deixam assistir a uma só partida, não é justo.

O Diretor, pessoa severa, porém, correta, sentiu-se na obrigação de prometer alguma coisa:

— Bem, veremos o que se pode fazer.

De fato, Motl acabou ganhando o direito de assistir ao seu joguinho de futebol: uma vez ou outra, e, bem entendido, em finais de campeonato.

O primeiro deles aconteceu num domingo ensolarado em que o Coríntians enfrentou pela centésima vez o seu clássico adversário, o Palmeiras.

Na sala de televisão, só havia o Motl e mais uns três ou quatro velhinhos, a quem, aliás, nem precisou convencer, pois eles assistiam a qualquer coisa.

— Nós vamos acabar com esses *periquitos* — disse ele aos impassíveis companheiros, esfregando as mãos.

— Ah, vocês vão ver!

Por protesto, todos os demais ficaram do lado de fora, no pátio. Conversavam, cochichavam, trocavam risadas. Estavam naturalmente aguardando as habituais manifestações do Motl. No entanto, para surpresa geral, daquela vez não se ouviu nenhuma aclamação. Os famosos urros de "goooooool", com os quais Motl saudava os lances do seu timaço, lhe ficaram encalacrados na garganta.

Mais tarde, quando perguntaram a ele como é que tinha sido o histórico jogo, Motl meneou tristemente a cabeça.

— Querem saber? Meu Coríntians não estava numa tarde inspirada.

4ª PARTE

DESMASCARANDO O ANJO DA MORTE

1

DÚVIDAS

Então é aqui que passarei o restante da minha vida? – perguntou-se. Dentre os moradores da casa havia tipos de toda a espécie, um agrupamento bastante heterogêneo. Alguns deles já conhecia de vista, mas estavam envelhecidos e mudados. Como iria relacionar-se com eles? Sua impressão, depois de ter visto o que sobrara do amigo Leibovitch, tinha sido a pior possível.

– Que bom tê-lo conosco, professor – o *Dóctor*, cada vez que seus caminhos se cruzavam, cumprimentava-o amistosamente.

Da última vez, com ares enigmáticos, o médico acrescentou:

– O senhor por acaso já conhece o nosso comediante, o Hershl?

Na verdade Vélvele Zaltzberg, na condição de velho conhecedor do *Lar*, já havia adiantado muita coisa a respeito desse pensionista e, sobretudo, de sua última encenação cômica que causara tanta celeuma.

2

HERSHL, DER COMEDIANT

"Com certeza há muito de exagero nas coisas que se contam ou se difundem a respeito do Hershl e de sua comicidade", afirma Vélvele Zaltzberg. Mas acrescenta logo: "Apesar de o humor dele aqui em nosso *Lar* não ser mais o mesmo, ainda assim, quando está de veia aberta, é um camarada muito divertido".

Em sua vida pregressa, por ironia, muito embora a verdadeira vocação dele tenha sido sempre o teatro, teve de passar boa parte do tempo mascateando como qualquer outro *clientelchic*. A bem da verdade, por conta de umas poucas exceções, houve um curto período em que logrou atuar na condição de garçom-cantor num conhecido restaurante do Bom Retiro (talvez mais garçom do que cantor); e depois outro período, menor ainda, quando tentou "empresariar" um certo *band-leader-barbeiro* que costumava nos fins de semana, com seus homens versáteis, tocar em festas de casamento e de aniversário.

No entanto, realizar-se mesmo o Hershl só se realizava era no palco do teatro, ainda que isso lhe ocorresse de modo sumário e passageiro. Era quando, por aqui, excursionavam pequenas companhias teatrais, em geral vindas de Buenos Aires ou Nova Iorque. Convidado ou fazendo-se convidar, ele se integrava imediatamente no elenco, às vezes numa ponta, outras vezes em mais de uma, segundo as circunstâncias, e outras vezes até mesmo em papéis mais significativos, dependendo da *troupe*, ora mais, ora menos reduzida. Aliás, Hershl, no que se refere ao teatro, sempre foi polivalente: sabia representar, cantar, dançar, imitar e estava à vontade no drama como na comédia, com ligeira preferência para esta última. Nessas raras ocasiões, não deixava por menos, largava seu trabalho ordinário, punha de lado quaisquer outros compromissos, fossem quais fossem, para dedicar-se de corpo e alma à sua verdadeira vocação.

Teriam sido poucos esses dias, acentuava aqui o Vélvele, mas o suficiente para iluminar-lhe a vida. Aí então passava a ser Hershl, *der comediant*, convivendo e farreando o tempo todo com os colegas artistas. Comia e bebia com eles, ensaiava, ria e discutia na companhia deles; e, sem dúvida, ia dormir tarde, como convinha a todo artista boêmio. Tivera até alguns namoricos com "estrelas" famosas.

Outra das funções importantes do Hershl junto a essas companhias teatrais era a de aproximá-las dos "patrocinadores". Tratava de arrumar-lhes "patrocínio" de restaurantes e hotéis, pois os artistas, como é muito compreensível, tinham também de comer e dormir. Tratava de apresentar-lhes industriais e comerciantes, notoriamente amigos do Teatro Idish, que poderiam de alguma forma "colaborar". Encarregava-se dos impressos, dos cartazes, da propaganda, das entrevistas nos jornais e, até mesmo, da venda dos ingressos. Era pau para toda a obra.

Enfim, enquanto duravam essas temporadas, sempre curtas infelizmente, deixava-se empolgar pelas assim chamadas luzes da ribalta. No momento das despedidas (as Companhias tinham de deslocar-se rapidamente de um centro para outro), era sempre um adeus que lhe doía muito, pois estava na hora de ele voltar à sua vidinha normal.

Em toda essa carreira irregular de teatro, Hershl não teve "papéis" dos mais importantes, mas muita gente ainda se lembra de suas atuações no entreatos, quando os atores principais ficavam atrás do proscênio e precisavam de "tempo" para a troca de suas roupas ou de seus cenários. Hershl, nos quatro ou cinco minutos que lhe eram reservados, tinha a missão de entreter o público: contava piadas, fazia imitações, brincava com este ou aquele. Era, na verdade, o seu momento de glória, sobretudo quando conseguia arrancar gargalhadas, o que nem sempre vinha fácil. Equilibrava na cabeça um chapeuzinho de abas levantadas, afivelava no rosto seu sorriso de "malandro" (bem entendido, "malandro" versão judaica) e dirigia-se para o centro do palco, carregando o enorme microfone e o seu pesado suporte. Tinha na ponta da língua piadinhas curtas, que procurava logo despachar, uma atrás da outra, para aquecer o público. Não era uma tarefa fácil; seu coração batia forte e só começava a sossegar quando afinal rompiam os primeiros risos, ainda que irregulares. Estando o público preparado, começava a apresentar o seu número (o *sketch*, como diziam seus colegas americanos). Ah, o *sketch*! Ele próprio os escrevia, montava, interpretava e dirigia. Tivera alguns sucessos, mas, a bem verdade, lá no seu íntimo, nunca ficara suficientemente satisfeito com a qualidade deles.

Mas tudo isso era coisa do passado. Tendo-se instalado no *Lar*, a partir daí sua vida sofreu profundas alterações. Nos primeiros tempos, quando o convidavam para ser o "apresentador" das festas ou das cerimônias alegres da casa, ele ainda aceitava. No entanto, faltava-lhe inspiração, a memória o traía, perdia o ritmo e saía frustrado.

– Que é que está acontecendo com você, Hershl? – perguntavam-lhe os seus velhos admiradores.

– Não tive tempo de preparar meu *sketch* – respondia secamente.

Bem diferente do que fora, Hershl andava agora pensativo, quieto, cismático. Deu até de freqüentar os velórios, tão normais nesta casa e que para alguns são um passatempo como qualquer outro.

Pelo menos esses velórios, justificava ele, têm uma grande virtude: atraem muitas pessoas de fora, é o mundo de fora que vem para dentro do *Lar*, os parentes, os amigos, os políticos, os diretores de entidades, caso o defunto seja alguém importante. De fato, há muita gente para ver e ouvir. Comparecem ali com suas caras tristes, com seus ares consternados, caminham devagar até o caixão, cumprimentam-se entre si, depois vão sentar-se ou ficam de pé conversando aos cochichos. Hershl observava atentamente essa diversidade de tipos e, como no fundo ainda possuísse veia humorística, não raro acabava divertindo-se. Havia o parente choroso, a filha que se desesperava numa histeria incontrolável e os contadores de casos que de algum modo sempre animam o ambiente, falando e saltando de um caso para outro. Além desses contadores de casos sérios, havia os francos contadores de piadas, os que ficavam junto à porta, no meio de um círculo de pessoas, destilando seu humor e só se detendo de quando em quando para uma rápida e respeitável olhada no caixão.

Enfim, era um público novo que começava a interessar o Hershl e com o qual foi tomando contato.

Um dia, surgiu-lhe a idéia. Afinal a idéia que lhe faltava para o seu tão sonhado *sketch*. Surgira de repente, como aliás sempre surgem as chamadas idéias geniais. Ela quase lhe custou a expulsão do *Lar*, mas o artista que morava nele estava de tal modo fascinado, que não pôde resistir à tentação. Tinha de encená-la ali mesmo.

3

UM SKETCH *MALOGRADO*

Hershl escolhera uma noite calma e quente.
O defunto fechado no caixão dominava aquele velório. Poucas pessoas a princípio. Evidentemente lá estava o nosso Azril, prata da casa, ocupando sua eterna cadeira. Azril não faltava a nenhum velório; esta alma meio perdida, um tipo *nisht bê, nisht mê, nisht cu-cu-ri-co*, conforme se referiam a ele os demais pensionistas, mantinha-se próximo da entrada, sem perder de vista nenhum movimento. Embora nada falasse, era ali o próprio guardião do velório.
Aos poucos foram chegando os parentes do extinto. A longa noite de vigília estava começando. Foi nesse momento que Hershl, aproximando-se de um canto da sala, como quem não quisesse nada, deixou cair no chão um inocente e bem embrulhado pacotinho. O pacotinho continha um desses queijos franceses, a bem da verdade de procedência legítima, já em estado maduro, presente de um estimado colega, amante desse gênero de queijos. Tendo-o deixado naquele canto escuro, certo de que ninguém o pegaria, retirou-se discretamente.
Ao retornar ao local pouco depois, já não havia ali ninguém. A não ser, como é natural, o defunto e o Azril, este, como sempre, impassível na sua cadeira. Mesmo os fiéis parentes do extinto tinham-se transferido aos poucos para a sala ao lado. No ar vagava

um cheiro, digamos, no mínimo suspeito. De vez em quando um parente voltava, olhava uns instantes para o caixão e, a seguir, consternado, retornava para junto dos seus.

– Que que está acontecendo com eles? – disfarçou Hershl, verdadeiro ator, indagando ao único ser vivo ali presente, naturalmente sem esperar dele grande coisa. Azril, que não arredava pé do lugar, como de costume moveu o beiço, sem emitir opinião.

Nisso, dentre os primeiros visitantes, entrou um homem gordo, baixo, de preto, cumprimentou aos dois com um aceno discreto da cabeça, caminhou devagarinho até o caixão, contemplou-o por um momento, depois foi sentar-se perto da porta.

– Pouca gente – observou ele.

Depois levantou-se e dirigiu-se ao Azril que não tirava os olhos dele.

– Ora, cadê a família? Não vejo ninguém.

Azril mostrou com o beiço a sala vizinha. O homem caminhou lentamente para lá e voltou com dois deles. Ficaram num canto conversando em voz baixa, num tom solene, qualquer coisa a respeito do falecido. O homem gordo estava no meio de uma frase, quando interrompeu-se, respirou fundo duas ou três vezes e disse impressionado:

– Hum! Que coisa!

Depois, os três saíram depressa para a outra sala.

Pouco a pouco, a casa foi-se enchendo. Vieram os amigos e os demais parentes. Hershl ia registrando suas primeiras reações de espanto, de consternação, de indisposição. Ele os conhecia de vista; acenavam-lhe com a cabeça. Por coincidência, o açougueiro, o alfaiate e o barbeiro, três dos baluartes da comunidade, tinham acabado de chegar juntos. Sr. *Katsef*, o açougueiro, a quem conhecia de longa data, após alguns minutos, inexplicavelmente, encaminhou-se à janela e tentou abri-la à força; nada conseguindo, foi postar-se no outro canto da sala, e dali, como farejando no ar alguma coisa, passou a esmiuçar o rosto de cada um dos presentes. A essa altura, um odor muito esquisito dominava o local todo do velório.

– Do que foi mesmo que ele...? – o alfaiate quis dizer alguma coisa, mas engoliu em seco, e foi dar uma volta.

Não demorou muito, chegou ao velório uma comissão de quatro homens, provavelmente representando uma entidade importante. Estavam todos vestidos de escuro, entraram constrangidos, com ares solenes. Um deles aproximou-se do Azril, que continuava sentado junto da porta, de pernas abertas, sem piscar os olhos.

– Onde posso encontrar o filho? – perguntou-lhe com uma voz macia e respeitosa.

Azril, valendo-se de seu característico movimento de beiço, indicou-lhe a sala vizinha. O tal filho, que não tinha percebido a presença deles, voltou apressado para os cumprimentos.

– Queremos que o senhor saiba o quanto lamentamos o falecimento de seu pai – disse o que tinha pose de presidente.

Durante esse tempo todo, o cheiro, se essa palavra pudesse traduzir toda a realidade, tornou-se intolerável, quase de matar. A face do filho estava lívida. O presidente, que se preparava para uma nova observação ou talvez para um pequeno discurso, mudou de idéia, tirou um cigarro e ficou pensativo. Só um deles, o mais fraco, arquejou convulsivamente, precipitou-se para a porta e, de lá, numa voz meio rouca avisou:

– Não, não me sinto bem...

O homem gordo e mais outros parentes do falecido, alertados pelo repentino vozerio, vieram correndo para a sala. O cheiro persistia tão ativo como antes, mais forte até, pois o calor havia aumentado, produzindo seus efeitos deletérios.

– Mas o que está acontecendo? – gritou o homem gordo, olhando para todos, sobretudo para o Azril, este sempre impassível. – É preciso que se tome uma providência, isso não pode continuar assim, chamem imediatamente o Diretor.

– O Diretor? – reagiu Hershl, até então mudo como uma carpa. – O senhor quer o Diretor? A esta hora o homem está dormindo.

– Não importa! – bradou o filho, histérico. – Arranquem ele da cama.

– O melhor é chamar a polícia – acrescentou o sujeito que tinha pose de presidente, querendo honestamente pôr ordem na casa.

– Não, senhor, é melhor chamar o médico – aparteou-lhe o homem gordo, que não concordava com ninguém, dedilhando no tampo do caixão.

– Pois chamem o diretor, a polícia, o médico – sugeriu de pronto Sr. *Katsef*, o açougueiro, que era afinal uma pessoa muito prática, de olhos fixos no barbeiro e no alfaiate, de quem desconfiava.

Pelo tumulto que se formou, Hershl já temia ter ultrapassado os limites de um simples *sketch*. Talvez tivesse ido longe demais. Houve gritos, discussões, correrias. O ponto culminante, porém, aconteceu com a inexplicável reação do homem gordo, que não parara um momento de movimentar-se; foi quando, lhe tendo caído por descuido, no canto fatídico da sala, o lenço com que enxugava o suor, ao ajoelhar-se para pinçá-lo, perto do pacotinho de queijo, simplesmente não se levantou mais, parecia estático, morto de todo.

A noite terminou muito mal para o comediante. Para sua surpresa, ninguém teve o bom gosto de apreciar, nem tampouco de compreender o *sketch* fulminante criado por ele. Pior do que isso: não houve quem achasse a mínima graça. No fim, além do fato constrangedor de acabar sofrendo gravíssimas reprimendas, faltou muito pouco para que fosse expulso do *Lar*. Caso como este, repudiado por todos e reconhecidamente de caráter isolado na vida pacífica da casa, naturalmente não deveria nunca mais repetir-se.

Esse foi o tal *sketch* insólito de que até hoje tanto se fala, concluiu Vélvele Zaltzberg, soltando uma boa risada.

5ª PARTE

AS CINQÜENTA PORTAS DA RAZÃO

1

GUERSHOM,
ISSO É MODO DE TRATAR SEU AVÔ?

Já estava entrando na sua segunda semana. Afinal *ele* recebeu a visita de Gerson, seu neto, o Guershom. Como fosse a primeira vez, percorreram toda a casa, passaram pela biblioteca, pela enfermaria, pela Sinagoga, pelo refeitório, pela grande sala de estar. Deram uma grande volta entre as árvores do jardim. Cansado, *ele* sentou-se num banco.
– Não é mau este lugar – disse Gerson.
– Não, não é.
A tarde estava agradável, quieta, com pouca gente circulando.
– Vou lhe confessar uma coisa, *vô.*
– Que é?
– Estou apaixonado! Não, não é brincadeira.
– Como é o nome dela?
– Sura.
– Sara? Como de sua avó?
– Não, Sura.
– É judia?
– Que diferença faz? Por acaso é judia, é judia como nós.
Sabia que o neto andava sempre apaixonado, sempre tinha uma garota a tiracolo. Mais um caso, pensou.

— Desta vez é sério, *vô* – disse Gerson, adivinhando-lhe o pensamento.
— Desde quando você a conhece?
— Foi antes de você ter mudado. Paixão lenta, acredite. Estamos perdidos de amor, *vô*.
Ele riu ao olhar para a cara séria do neto.
— Teremos em breve um noivado?
— Quem falou em noivado? Queremos apenas morar juntos, curtir a nossa relação.
— Essa é boa! Onde é que vocês vão morar?
— Não sei, aí é que está o problema.
— Como é o nome da família dela?
— Lá vem você com suas perguntinhas. vô! Não se preocupe, ela é de boa família.

Olhou para os olhos do neto para ver se encontrava neles alguma ironia. Seu tipo alegre, expansivo, cheio de vitalidade, sempre o encantara. Após uma pausa estratégica, perguntou:
— Que dizem disso teus pais?
— Tenho levado ela pra casa. Você conhece bem o papai, ele está sempre desligado, não diz nada. Mas a mamãe, acho que gosta dela.
— Quer dizer que o caso é sério mesmo?
— É sério, estamos dormindo juntos. Sura é adorável!
— Você dorme com ela? Onde?
— No seu quarto, vô; está desocupado desde que você nos deixou.
— Na minha cama!
— E o que tem? Ora, é uma cama como qualquer outra.

Jamais entenderia essa juventude de hoje, pensou. Mas, afinal, estamos ou não na virada do século?
— Sura trabalha no teatro, faz pontas em novelas de televisão, escreve poesia. Derreto-me todo com o seu jeito de falar. Ah, vô, ela me abre as pernas com tanta ternura, com tanto amor!
— Não, isso é demais para mim, Guershom. Vamos mudar de assunto.
— Ora, vou trazê-la aqui, para que a conheça melhor. Sura é um amor de menina. E tem mais: é uma judia tão judia, que me sopra nos ouvidos palavras em *idish*, oi, ió, iói.
— Que idade tem ela?

– Trinta e três.
– Trinta e três! Ela poderia ser sua mãe! Como é que os bananas de seus pais estão encarando isso?
Gerson soltou uma risada estridente.
– Não seja quadrado, *vô*! Sempre tive confiança em você.
Nisso, passou por eles uma velhinha bem vestida. Cumprimentou-os, sem interromper a caminhada, que era lenta, e, já de longe, virou a cabeça na direção deles.
– Quem é ela, *vô*?
– É a Sheindl, a minha vizinha de quarto.
– Esquisita!
– Esquisita a Sheindl? Você não viu a Tia Miriam!
– Parece que ela está de olho em você, *vô*.
– Deixe disso, não convém falar dela desse jeito, Guershom, é uma boa senhora, uma senhora muito distinta.
Ainda conversaram mais um tempo. A tarde vinha caindo. Depois, Guershom se foi. *Ele* voltou a sentar-se no banco do jardim, aproveitando os derradeiros raios de sol. Pôs-se a meditar nas coisas que o neto dissera; desconfiava de que não passassem de meras brincadeiras dele, talvez desejasse pôr as coisas em termos bem-humorados. À sua maneira, naturalmente. Coisas de jovem. Ah, Guershom! Mas isso é modo de tratar seu avô, um velho professor? Meneou a cabeça rindo consigo próprio.

2
VELHAS FOTOS

Por vezes *ele* se aproximava do amigo, Leibovitch, para fazer-lhe companhia, embora este continuasse fechado em seu mundo, sem demonstrar qualquer reação. Nada do que lhe pudesse dizer tirava-o do seu silêncio. Depois de algum tempo, acabava desistindo.

– Bem, Leibovitch, nos veremos mais tarde.

Outras vezes, tomando-o pela mão, atraía-o para um passeio entre as árvores. Não havendo ninguém por perto, tentava falar com ele. Olhava-o fundo nos olhos como querendo captar nem que fosse uma longínqua mensagem.

– Ah, seu teimoso, bem que você está me ouvindo! Está bem, não precisa me dizer nada, eu o compreendo.

Tentara outra dia conversar com o Dr. Jacob, o *Dóctor*; este limitou-se a dar de ombros. Ficou imaginando se o médico sabia alguma coisa do homem brilhante que fora o Leibovitch. Tinha ímpetos de perguntar-lhe como era possível uma pessoa tão iluminada, tão sensível, ficar reduzida a isso. Mas conteve-se a tempo.

No mais Leibovitch portava-se como os outros pensionistas. Bastava tocar a sineta, para ele descer e ocupar seu lugar no refeitório. Estava sempre de roupa limpa e cabelo penteado; não havia nada em seu procedimento que o comprometesse mais do que os outros. Diante das interpelações que recebia, ficava apenas parado, sem responder, como se não fosse com ele, como se o assunto não lhe interessasse.

A princípio ter o velho companheiro nessas condições não lhe fora fácil aceitar. No fundo acreditava que ele ainda pudesse despertar do seu marasmo, voltando a ser o mesmo, aquele Leibovitch de espírito lógico sempre a rir-se de tudo.

Na última noite, terminado o jantar, foram todos assistir ao noticiário da televisão. De um canto, ficou a observar o rosto do amigo. O noticiário estava cheio de assaltos, roubos, seqüestros, greves, agitações no cenário político, convulsões na Irlanda e no Oriente Médio. A certa altura, Leibovitch levantou-se e começou a retirar-se.

Alcançou-o no corredor, iluminado precariamente àquela hora com uma só lâmpada.

– Então, já vai dormir?

Leibovitch continuou a andar, como se não tivesse escutado. Seu pesado arrastar de sapatos produzia ecos desencontrados no longo corredor.

– Quer um livro? Tenho aqui um do Dostoievski, de que você tanto gostava. Que tal reler *Os Irmãos Karamazov*?

Sem se deter, Leibovitch tomou o corredor à esquerda, em direção de seu quarto. Tal como o primeiro, este corredor estava também vazio, pouco iluminado.

– Espere, companheiro – disse, segurando-o pelo braço.

Leibovitch parou por um momento e fitou-o nos olhos com um ar assustado.

– Tenho comigo aquelas fotos do nosso último congresso – acrescentou – Você se lembra do Congresso dos professores? Não gostaria de rever nossas fotos?

Os olhos apagados de Leibovitch não mostravam nenhuma reação. *Ele* prosseguiu:

– O seu discurso de encerramento galvanizou toda a nossa classe. Não acredito que não se lembre mais.

O rosto de Leibovitch continuava apático.

– Sabe, guardei especialmente a foto em que estamos reunidos em frente do Hotel, pouco antes da nossa partida. Você está de pé na primeira fila, com seu jeito brincalhão, apoiando os longos braços em mim e no colega Vainer. Lembra-se do Vainer?

Os olhos de Leibovitch estavam perdidos no vazio.
– Está me ouvindo ou não?
Ele engoliu o restante das palavras: "Temos tanta coisa a contar um para o outro! Essas fotos não lhe significam nada?"
Leibovitch voltou a caminhar, retomando seu rumo. Seus passos arrastados ecoaram pelo corredor rompendo novamente o denso silêncio que os envolvia.

3

O MILIONÁRIO QUE COMEÇOU TARDE

Outro pensionista que lhe atraíra desde logo a atenção foi o Aizenberg. Ainda não entendia direito por que esse Aizenberg, um milionário, estava no *Lar*, quando poderia viver perfeitamente em sua própria casa, dispondo do número de criados que quisesse, cercado de todo o conforto possível. Dinheiro não lhe faltava, havia ganho muito com sua notável cadeia de lojas. Dizia-se que comprara o seu ingresso no *Lar* por uma importância elevada. Embora tivesse passado todos os títulos de propriedade e todas as ações de suas empresas aos filhos, ainda assim conservava razoável parcela de dinheiro, com certeza depositada em Banco estrangeiro. Parte dos seus juros, dizia-se também, distribuía generosamente entre diversas entidades filantrópicas.

Sr. Aizenberg não escondia seu amor pela cultura judaica. A biblioteca do *Lar*, composta de livros preciosos do judaísmo, fora ele quem doara em grande parte. Todos sabiam que pagava de seu próprio bolso aos homens que vinham aqui periodicamente fazer palestras. Ele não perdia nenhuma delas, ainda mais quando o assunto girava em torno de Rashi, Maimônides, Abuláfia, Lúria ou Baal Shem Tov (confessava-se admirador ardente do grande mestre hassídico). Andava até estudando o Talmud ("mas ainda não passei da primeira gota", dizia).

De voz mansa, educada, ligeiramente grave, Sr. Aizenberg era por tudo uma figura discreta, que se igualava aos demais pensionistas e não pleiteava para si nenhum privilégio. Alto, magro, ereto, estava sempre vestido de forma correta. Seus cabelos, apesar da idade, não tinham embranquecido de todo, apenas perderam a cor e o brilho.

Já nos primeiros dias, fora apresentado a ele pelo Vélvele Zaltzberg.

– Vélvele falou-me muito bem do senhor – disse Sr. Aizenberg, neste primeiro contato. – Devo dizer que fiquei curioso de conhecê-lo.

O homem sabia cativar as pessoas. Tinha excelente relacionamento com todos, estava sempre disposto, bem-humorado. Seu entrosamento no *Lar*, segundo Vélvele, era tão perfeito que parecia estar no meio de sua própria família.

Como conceber um tipo como esse Aizenberg, que, deixando para trás seu mundo de negócios, viera para cá, uma simples casa coletiva, sem atrativos, quase monástica?

– Sr. Aizenberg – dizia-lhe Vélvele –, por que o senhor não aproveita para viajar, correr mundo, conhecer tudo o que há de bom?

– Isso nunca me passou pela cabeça.
– Não o anima desfrutar uma temporada na Europa?
– Não.

Como estivessem numa conversa bem-humorada, Vélvele indagou-lhe:

– O senhor dedicou toda a vida aos negócios, e agora, estando livre deles, não a aproveita?

– Estou aproveitando.
– Para que lhe serviram os seus ganhos?

Sr. Aizenberg riu-se, achando muita graça na pergunta.

– O que teve em vista com a criação de tantas empresas? Para ajudar o crescimento da sociedade? Para dar trabalho aos empregados?

A pergunta era maliciosa, mas o milionário não a entendeu assim.

– Está claro que não foi por altruísmo. Como diz você mesmo, Vélvele, segundo seu Spinoza: "Mais um homem possui honras e riquezas, mais o seu prazer cresce, e em conseqüência mais e mais as procura aumentar". Talvez tenha sido isso o que aconteceu comigo. Hoje, nos dias que me restam, encaro a vida de outro modo, estou à caça da verdade, se assim posso me expressar. Quero conhecer e compreender, e desejo fazê-lo por meio das *respostas* judaicas. Infelizmente comecei tarde demais.

Ao se encontrarem na última tarde, Sr. Aizenberg dirigiu-se a *ele* e lhe fez um convite:

— Temos aqui, este domingo, uma conferência sobre *Cabala*, não pode perdê-la em hipótese alguma, professor.

Achava curioso, se não ridículo, esse interesse dele pela Cabala.

— O senhor deve estar querendo saber por que me atrai tanto a Cabala, não é? — Aizenberg sorriu. — Talvez esteja procurando o lendário *Sambation*, ou quem sabe, aquela misteriosa combinação de letras que me conduza ao Nome Divino.

Eles riram. Esse Aizenberg, sem dúvida, era um tipo cativante que merecia ser observado.

— Às vezes sinto-me como aquele discípulo do *Rabi* Baruch, neto do grande *Baal Shem Tov* — acrescentou o milionário. — Este discípulo tentou um dia atravessar as cinqüenta portas da razão, simplesmente à procura da essência de Deus. Acabou caindo em tamanho emaranhado de dúvidas, que mesmo as coisas que lhe eram, até então, claras e certas, tornaram-se para ele obscuras e duvidosas.

O que teria em mente? Dito isso, Aizenberg fez uma pausa, olhou para o seu relógio de ouro, no pulso, e, com os seus modos cavalheirescos, excusou-se:

— Bem, meu amigo, creio que está na hora, precisamos preparar-nos para o jantar.

E esfregando as mãos, retirou-se rapidamente, como se tivesse um grande compromisso pela frente. O sol ameaçava desaparecer atrás da linha dos prédios periféricos; algumas sombras já começavam a alongar-se sobre o *Lar*.

4
POSSO LHE CONFESSAR UMA COISA?

Passou a maior parte daquele dia lendo e escrevendo; pela tarde foi dar um passeio e na volta sentou-se num banco da varanda. Não estava muito quente e o ar era agradável. Pouco depois chegou o Hershl. Usava um terno amassado de linho branco e um chapeuzinho de abas ligeiramente levantadas, a sua marca registrada. Veio caminhando lentamente, com as mãos nos bolsos.

– Sei que o senhor é escritor – disse Hershl, acomodando-se ao seu lado, sem nenhuma cerimônia. – Já escreveu para o Teatro?

A pergunta pegou-o de surpresa.

– Tentei alguma coisa, nunca tive vocação para isso – respondeu.

– Pois aí está uma arte difícil. Não sei se o que eu escrevi pode-se chamar Teatro, ainda mais no conceito atual. De qualquer modo, como vê, temos algo em comum: somos ambos escritores.

Passou os olhos na figura do comediante; poucas vezes conversara com ele. Era um homenzinho murcho, de nariz comprido, algo arrebitado, com os olhos de um azul pálido. Tinha o rosto descorado, coberto de rugas, com algumas veiazinhas aparentes. A boca, um tanto repuxada para um lado, trazia uma espécie de *rictus* que acabava lhe dando um ar divertido.

– O senhor deve estar reparando no meu defeito, não é verdade? Foi um derrame que me deixou assim; desde então perdi minha principal ferramenta de trabalho.

Hershl riu, acentuando esse estranho *rictus* que ostentava.

– Não é mais como nos velhos tempos – ele continuou, quase com ferocidade. – O senhor por acaso assistiu ao Moritz Schvartz? Esteve aqui no Teatro Municipal e eu trabalhei com ele! Moritz era um sujeito muito exigente, e foi a mim que escolheu. Acredite, durante semanas a fio fui o ator mais comentado dos nossos jornais.

Como *ele* nada encontrasse para dizer, Hershl soltou um longo suspiro. Depois recomeçou num tom mais sereno:

– Desde meu derrame, aposentei-me. Aliás, o Teatro Idish também se aposentou. Houve tempo em que ainda tentei escrever alguma coisa; ultimamente perdi todo o interesse.

Hershl pareceu refletir um instante, depois seu rosto assumiu uma nova expressão.

– Posso lhe confessar uma coisa?

A liberdade com que ele falava de si era uma coisa espantosa.

– Sabe qual a maior frustração de minha vida? Já escrevi para o Teatro centenas de *sketchs*, alguns com relativo sucesso de público, mas nenhum deles me deu plena satisfação. O senhor acredita? Nenhum, nenhum mesmo. Quando eu os releio, percebo que são banais, desprovidos de qualquer valor. Não sei se têm alguma graça!

Havia algo de angustiante na voz dele. Então era este o grande, o bravo, o temido Hershl, *der comediant*, de quem tanto se falava!

Nisto, passando de uma expressão para outra, o comediante fez um brusco movimento de lábios, o que de novo o deixava bastante divertido.

– Ora, acho bom parar com minhas lamúrias – ao dizer isso, abafou um suspiro. – Quer ouvir o meu último *sketch*? Tentei de algum modo aproveitar o clima e alguma das personagens daqui.

5

O TALMUDISTA

Tendo chegado cedo à Sinagoga para o serviço religioso da tarde, a única pessoa que encontrara foi o *Reb* Guetzl. Ele estava sentado diante de um grande livro de estudos, balançando-se lentamente, para frente e para trás, como acompanhando o ritmo de uma música.

Havia alguma coisa nesse *Reb* Guetzl que o encantava. Alto, magro, austero, a velhice parecia não o abater; pelo contrário, o rosto era solene e puro como de um jovem. Nunca se inquietava; nada do que pudesse acontecer-lhe tinha o condão de perturbá-lo.

– Somos por enquanto os únicos – disse *Reb* Guetzl ao perceber sua presença.

Seus olhos sonhadores, naquele momento, indicavam que ele estivera longe dali. Perdido em divagações, por onde andara? Foram pessoas distraídas como ele que caíram inadvertidamente nas mãos de algozes terríveis, sem tempo sequer para compreender o que se passava.

O livro aberto que tinha diante de si era o velho *Schulhan Aruch*, do grande Rabi Caro, livro que ele vivia manuseando e consultando.

– Veja só o que vem escrito aqui. – Sem se conter *Reb* Guetzl leu em voz alta, usando uma entonação melódica: – "Há uma única boa maneira de vingar-se dos inimigos, é adquirir boas virtudes e andar na senda dos justos..." Nada mais certo.

Reb Guetzl repetiu a frase como quem degustasse um bom vinho.

– Aquele que guarda rancor a seu semelhante viola um preceito. Pois está escrito: "Não guardarás rancor". E o que é rancor? É preciso compreender bem esse preceito. Rubens disse a Simão...

Aqui entravam Rubens e Simão, as velhas personagens fictícias de que tanto se valem os talmudistas quando dão seus exemplos. Ah, Rubens e Simão, quantas coisas vocês discutiram! À simples menção desses dois nomes, os olhos de *Reb* Guetzl brilharam como duas estrelas.

– Está me acompanhando? Rubens disse a Simão: "Empresta-me tal e tal coisa", e Simão não o atendeu. Passados alguns dias foi a vez de Simão solicitar um empréstimo a Rubens, e este disse: "Pois eu te atenderei, não sou como tu". Não sou como tu, disse Rubens afoitamente. Na verdade, quem procede como Rubens viola a lei de Deus; pois ele deveria apagar da mente o incidente todo e não mencioná-lo nunca mais.

Aí estava, sem dúvida, um preceito nada fácil de cumprir, *ele* ponderou consigo.

– Não concorda? – *Reb* Guetzl ergueu seus olhos luminosos – Sim, o grande Rabi Isserl também via com visão crítica muita coisa do que o Rabi Caro nos deixou. Como o senhor sabe, o defeito que Rabi Isserl lhe atribuía era o de acentuar demais ordenações antigas, negligenciando por vezes usos mais recentes. E isso é verdade.

Os olhos mansos de *Reb* Guetzl voltaram-se para o livro e, em seguida, com os dedos ágeis procurou nele uma passagem em que pudesse apoiar-se.

– Veja, por exemplo, o que Rabi Caro diz aqui a respeito do espírito da Caridade e a imediata glosa que recebeu do Rabi Isserl. "Se um pobre estender a mão e tu nada tiveres para lhe dar, não ralhes nem levantes a voz; fala com ele cortesmente, mostrando a bondade de teu coração, isto é, que desejarias dar-lhe alguma coisa, mas não podes". E qual foi a nota de Isserl? Evitando qualquer dubiedade, ele corrigiu o mestre: "É proibido despedir o pobre com as mãos inteiramente vazias. Dai-lhe alguma coisa, nem que seja

só um figo, pois está escrito: Oh, não deixes o oprimido retirar-se humilhado". Como vê, o Rabi Caro podia enganar-se aqui ou ali.
Ao concluir esta observação, *Reb* Guetzl sorriu. Haveria uma única ocasião em que ele não pudesse sorrir?
– *Reb* Guetzl – a pergunta inesperada escorregou-lhe da boca, uma pergunta que sabia ser inadequada e sacrílega –, o senhor acredita no *Meshiah*?
Reb Guetzl olhou-o espantado.
– Não tenho a menor dúvida – respondeu. – Sabe, chego às vezes a ouvir os seus passos.
Por coincidência, atraindo a atenção deles, passos trôpegos ecoaram na entrada da Sinagoga. Eram dos pensionistas retardatários que vinham para completar o *minian*.
– Está ouvindo? – o talmudista virou-se para *ele* com um sorriso aberto no rosto.

6ª PARTE

*O SOM DE BATIDAS DE UM
CORTADOR DE LENHA*

1

NÃO QUER PASSAR O DOMINGO CONOSCO, PAI?

Haviam decorrido dois meses desde que viera para o *Lar*, mas tinha a impressão de que se passara o dobro do tempo. Iossl, o seu filho, que no início era contra essa mudança, já começava a aceitá-la, deixando de lado as costumeiras discussões. Na última visita, não tocou no assunto.

– Não quer passar o domingo conosco, pai?
Já esperava essa convocação, mas ainda não estava preparado.
– Este domingo? Não sei... Vamos ter aqui uma palestra sobre *Cabala*, prometi ao Aizenberg estar presente.
– *Cabala*?
– Pois é, *Cabala*.
– Quem é esse Aizenberg?
– É um dos nossos pensionistas, está organizando este tipo de palestra.
– Poderia sair-se com outro pretexto, pai; se não tem vontade de vir, é só dizer.
– Não, não é isso. Fica para a outra semana.
– Outra semana? Eu e a Eva combinamos passar o domingo que vem em Guarujá.
– Núu, vão com Deus. A propósito como vai a Eva?

De algum modo ambos procuravam amenizar o diálogo que sempre começava tenso.
– Vai bem, mas está naquela fase crítica em que toda a mulher merece cuidados. Sabe? Ela vive se questionando sobre tudo, uma amiga convenceu-a a procurar um analista.
– Compreendo.
– Afinal qual é o seu interesse em *Cabala*, pai?
– Nada sério.
– Está bem, não será a *Cabala* o nosso pomo de discórdia.
Riram com gosto e já começavam a sentir-se descontraídos. *Ele* fez uma pequena pausa, depois perguntou:
– Como é que vão as coisas aí fora?
– Não conheço ninguém que não se queixe. Estou começando a desenvolver um projeto excelente e acho que poderei ganhar um bom dinheiro.
– Nosso Guershom já largou aquela namorada?
– Não, ela continua vindo em casa.
– Me parece que o garoto está se metendo numa complicação.
– Por quê? Não vejo nenhum problema.
– Ora, ela tem trinta e três anos!
– A Sura?! Ela tem no máximo vinte.
– Ele me afirmou que ela tem trinta e três.
– Com certeza foi brincadeira dele. A Sura não tem mais de vinte anos.
– Não diga! Vou dar-lhe uma puxada de orelhas na próxima vez que vier aqui, ele andou me contando um monte de lorotas.
Agora riam facilmente.
– A Maria continua com vocês?
– Claro.
– Fico, às vezes, pensando nela. Olhe, diga-lhe que tenho saudades de suas comidas. Quando eu for almoçar em casa, peça-lhe que prepare um bom *shulent*, está bem?
– Prometido.
– Outra coisa: diga a Eva que já é tempo de vacinar o nosso poodle.
– Vou dizer, fique tranqüilo.
– Voltando ao Guershom: não é bom que vocês os deixem, a ele e a Sura, sozinhos em casa, sobretudo no meu quarto, compreende?

— Ora, por que não?
— Não me faça perguntas tolas, Iossl. Você já esqueceu do que é ser jovem?
— Compreendo.
— Ainda bem. Outra coisa: a Eva que trate de falar com os pais dessa menina. Podemos ter aí um bom *shidah*.
— Ora, o Guershom é um rapazola, não pensa absolutamente nisso.
— Mas há muita coisa que ele faz feito gente grande, isso você pode ter certeza.

Desta vez a gargalhada que ambos soltaram chamou de tal modo a atenção dos outros visitantes, que estes pararam suas conversas e desviaram os olhos na direção deles.

— Podem achar que estamos contando piadas — comentou José.
— Podem, sim.
— Pai, quer que eu lhe traga alguma coisa de casa? Não lhe falta mesmo nada?
— De uma vez por todas, Iossl, pare de se preocupar, eu estou bem.

Várias outras coisas lhe vieram à tona. A certa altura José disse:

— Sabe, tive um sonho estranho, outro dia.
— *Núu*.
— Sonhei que estávamos indo juntos para um circo. Meu Deus, como nos sentíamos eufóricos!
— Sonhar com um circo, nesta era de televisão, é estranho, Iossl! — procurou os olhos do filho.

Depois que este se foi, *ele* sentiu-se tomado de uma vaga sensação de vazio. Após a refeição da noite, fugindo às conversas com os outros pensionistas, recolheu-se ao quarto mais cedo. Vestiu lentamente o velho pijama de listras e ficou sentado na beirada da cama. Por algum tempo perdeu-se num labirinto de lembranças. "Adivinhe, Sara, aonde Iossele sonhou ir comigo!"

2

D. SHEINDL

D. Sheindl, a vizinha de seu quarto, era faladora. Tão logo o cumprimentava, atraía-o para longas conversas. *Ele* não sabia o que fazer para ver-se livre dela, mas como fosse educado, ouvia-a com atenção, sem demonstrar impaciência ou rudeza.

De início, ela lhe contou de seus primeiros tempos no *Lar*, as dificuldades de ficar longe da filha. Confessou-lhe que chorava muitas vezes.

– Hoje, felizmente, estou mudada, já me acostumei.

Da filha falava bem, mas nem tanto do genro, que considerava um tipo grosseiro, um *grober-iung*, com quem tinha sérios problemas de convivência.

– Toda a minha vida, fui tratada com respeito. Herman, meu inesquecível marido, tratava-me na palma da mão. Amava-me muito. Embora não fôssemos ricos, ele nunca deixou que me faltasse nada. Ah, como tudo mudou!

Ao revelar-lhe que já tentara uma vez o suicídio, *ele* ficou de sobreaviso. Passou abertamente a esquivar-se dela. No entanto, como evitar uma pessoa com quem tinha de conviver porta a porta?

D. Sheindl, pelo que se depreendia, fora uma mulher extremamente caprichosa, pela qual o esposo, com ou sem recursos, tudo

fizera para atender e servir: os melhores vestidos, os melhores restaurantes, uma bela casa.
— Herman era um tanto desmiolado! — dizia-lhe ela rindo. — Estava sempre disposto a gastar mais do que tinha. Eu ficava maluca com ele quando descobria que andava sendo perseguido por algum credor. Mas, Herman era assim mesmo: para satisfazer os caprichos de sua mulherzinha, não media as conseqüências. Ele tinha extravagâncias incríveis. Uma noite, ainda me lembro muito bem, fomos ao cinema assistir a um musical com a dupla Jeanette MacDonald e Nelson Eddy. Eu adorava a Jeanette! Então eu disse: Herman, se eu tivesse aulas de canto, com a voz que tenho, poderia cantar como a Jeanette. Pois bem, no dia seguinte, ele me encomendou um professor de canto.

D. Sheindl não escondia seu orgulho de falar desses episódios pessoais, que repetia para todos ouvirem.

— Outra vez, estava eu em casa lendo sobre a carreira de uma famosa pianista, quando deixei escapar: Ah, Herman, se eu pudesse estudar piano! Pois bem, no dia seguinte, lá estava eu tomando aulas de piano com um excelente professor que Herman me contratou.

Não era difícil para ninguém imaginar a bela mulher que teria sido D. Sheindl, mas, agora, pouca coisa restava de sua beleza.

Outro dia, quando voltavam para os seus aposentos, ela lhe fez um convite:

— O senhor não gostaria de entrar? Quero oferecer-lhe um licor e ficarei ofendida se não aceitar. Entre um pouquinho, por favor.

E abriu a porta para *ele*. O quarto em que entraram era bem arrumado, com vários retratos da família cobrindo as paredes. Uma leve penumbra envolvia todo o ambiente. Ela tirou uma pequena garrafa, encheu o cálice e, com mãos trêmulas, ofereceu-o a *ele*.

— *Lehaim*, meu amigo, *Lehaim*.

Ainda decorreu algum tempo antes que *ele* pudesse retirar-se.

3
DE K'AIFENG A BARÃO HIRSCH

Homem simples e franco, Kopque falava com *ele* à vontade, sem nenhum constrangimento. Como confiasse em seus conhecimentos, procurava-o para esclarecer-se sobre assuntos diversos, que podiam ir desde uma mera notícia que ouvia no rádio ou na televisão, até uma questão mais complexa. Disse-lhe outro dia num desabafo:

— Eu nunca entendi bem o nosso Universo, professor! Posso *le* perguntar uma coisa? Não acha uma grande bobagem isso de dizer que o Universo não tem limites, não tem fronteiras? Então como é isso? O Universo não tem começo, não tem fim?

— É mais ou menos assim, Kopque: o Universo é infinito.

— Mas que negócio de infinito é esse? Ora, tudo tem sua fronteira, tudo começa e termina em algum lugar. Eu sei que não adianta procurar onde as fronteiras ficam, mas que *hai, hai*.

Na medida do possível tentava explicar-lhe, naturalmente sem lograr êxito. Outras vezes Kopque vinha com dúvidas mais simples, menos esotéricas.

— É verdade que lá na China tem mais de *miles* milhões de habitantes?

— É verdade, Kopque.

– Barbaridade, *tchê*! Como então se pode sustentar tanta gente assim? Tem bóia pra todos?
– Pois é, muitos morrem de fome.

Kopque coçava a cabeça, agradecia-lhe a informação e ia-se embora com ares de quem estava bastante espantado.

De início as questões do Kopque pegavam-no de surpresa, mas pouco a pouco foi-se acostumando.

– A propósito da China – voltou Kopque a insistir dias depois –, é verdade que lá também viveram patrícios nossos?
– Tem-se notícia de uma pequena comunidade judaica num lugar chamado K'aifeng, às margens do Rio Amarelo, no Norte da China.
– E o que aconteceu com ela?
– Acabou-se integrando à vida chinesa e desapareceu.
– Bááá, *tchê*! Isso eu não sabia!

E lá saiu ele, meneando a cabeça, como se acabasse de ouvir a coisa mais incrível do mundo.

Mas não eram só os mencionados chineses ou as ditas fronteiras do Universo que interessavam ao Kopque. Indagava também a respeito dos números cabalísticos de que ouvira falar, dos poderes de Metatron, de Sandalfon e de outros anjos dos quais tinha conhecimento. Desejava saber se realmente existem discos voadores, se não passam de mera fantasia. E quanto aos peixes ou animais antediluvianos que sobrevivem no fundo dos mares? O que de fato se esconde no centro da Terra?

Afora os casos do bandido Antoninho, sua verdadeira obsessão, tinha também especial interesse pela história da Segunda Guerra Mundial, assunto que trazia quase sempre à baila.

– Lá nos confins de Barão Hirsch, eu só podia ouvir o rádio – contava ele. – De noite, tentava as estações da Europa para pegar as notícias da Guerra. Na verdade, era um inferno de chiados, além do problema da língua que eu não entendia. Mas pelo tom de voz que me era dado ouvir eu podia avaliar o quanto as coisas estavam fervendo ou se entravam em calmaria. Muitas vezes a voz sumia, apenas deixando no ar sinais estranhos que de tanto se repetirem confundiam-se com os gemidos da saparia da noite. Mas até mesmo a esses sons eu ficava atento; era como se me viessem de algum lugar do céu.

Os olhos azuis de Kopque enchiam-se de tristeza ao falar dos tempos da Guerra.
– Por que será que tais coisas aconteceram conosco, professor? – indagava.
Já no dia seguinte, vinha com outra pergunta cabeluda. Da última vez apresentou-se com uma dúvida de ordem biológica.
– Não se incomoda se eu *le* questionar uma coisa, professor? É verdade que se pode emprenhar uma vaca sem o cruzamento com o touro?
Tentou explicar-lhe o que era a inseminação artificial. No fim resumiu:
– Injeta-se na fêmea o sêmen do macho, Kopque.
– Barbaridade, *tchê*! Essa eu não sabia. De qualquer modo, *gracias* pela informação, professor.
E ele saiu cuspindo para todos os lados, com ares de grande espanto. "Vivendo e aprendendo", repetia consigo.
No fim da tarde, como de costume, foi sentar-se no banco do jardim. E lá pelas tantas, com os olhos postos no horizonte, mãos espalmadas em volta da boca, soltou o seu velho chamado, que mais parecia um longo gemido; "Oiii Mimosa... Oiii Barroooso..."

4

DIÁLOGO ÍNTIMO COM O DÓCTOR

Sempre ao concluir o exame semanal a que o submetia o Dr. Jacob era inevitável que este, num tom bem-humorado, lhe fizesse algumas recomendações de saúde, sem que houvesse nisso qualquer caráter mais grave. *Ele* gostava do jeito manso de falar do médico, de suas palavras irônicas, como de quem não levasse nada a sério.

Aquela manhã prometia ser radiosa; uma luz clara começava a invadir o ambiente fechado em que eles estavam. Era ali que o Dr. Jacob passava boa parte do dia atendendo aos seus inúmeros pacientes.

– Estou satisfeito com o senhor – disse-lhe o médico, depois de fechar o bloco de anotações.

Ele tomava coragem para lhe falar de um assunto em que meditara durante vários dias.

– Ah, tenho uma nova piada para o senhor – acrescentou o médico, rindo.

– Piada!

– Sim, uma boa piada judaica, esta o senhor ainda não conhece, foi o próprio Hershl quem me vendeu os direitos autorais.

Ele tinha de aproveitar este momento de descontração, mas o pudor que sentia lhe bloqueava a voz. Teve de recorrer a um grande esforço.

– Bem, se for do Hershl deve ser coisa boa. – E, desviando os olhos do médico que continuava risonho, antes que este retomasse a palavra, acrescentou com aparente naturalidade:
– Quero lhe falar sobre uma questão particular.
O que tinha a dizer estava na ponta da língua e era até pouca coisa. Preparara palavra por palavra: "Doutor, muito em breve, quando o meu caso se agravar, conforme está previsto naturalmente, prefiro que não haja nenhum tipo de operação, nenhum prolongamento inútil, não quero tubos nem nada". Só isso, o recado era apenas esse, e não precisaria adicionar mais nada.
O médico mantinha-se calado, olhando para *ele*.
– Sabe, doutor? – *ele* desviou os olhos na direção da janela por onde vinha entrando a claridade da manhã. – Trata-se de um pedido muito simples.
Como se assistisse a um filme preto-e-branco, via-se a si próprio numa cama alta de hospital: o corpo inerte, miúdo, anestesiado. Era um corpo estranho, desgarrado de tudo, indiferente, frio como uma pedra. A imagem, porém, estava fora de foco.
– Ora, não me vai pedir que pare com minhas piadas de mau gosto – o médico brincou. – *Artze, bartze, gole shvartze...*
A imagem do filme tinha-se apagado completamente. E agora, como querendo intrometer-se neste seu episódio atual, ressurgia-lhe de algum canto obscuro a figura austera de seu velho *Rebe*. Propunha-lhe uma delicada questão do *Shulhan Aruh*: "O que se pode e o que não se pode fazer para acelerar o processo da morte?" "O que diz a esse respeito o Capítulo 25?", perguntava o *Rebe*. E o próprio *Rebe* respondia: "É proibido mexer num moribundo a fim de lhe apressar a morte, mesmo que isso signifique retirar-lhe apenas o travesseiro debaixo da cabeça. No entanto, se houver um obstáculo como por exemplo o som de batidas de um cortador de lenha perto de casa, ou sal em sua língua, lhe impedindo a saída da alma, é admissível sua remoção, pois não há nisso nenhuma ação positiva".
– Quero que me faça uma pequena promessa, *Ianquele* – *ele* começou num tom sereno, virando-se para o médico.

CONFIDÊNCIAS FEMININAS

"Quando duas mulheres se põem a conversar entregam sua alma e falam para valer", pensou consigo, observando Tia Miriam e D. Sheindl, que, nesse momento, sem incomodar-se com a sua presença na sala, não paravam de tagarelar. Era como se *ele* não existisse. D. Sheindl, como sempre, falava mal de seu genro, "um sujeito sem a mínima educação".

– Não sei como minha filha o suporta! – dizia ela, arregalando os olhos e soltando um suspiro. – Ela tem de costurar suas próprias roupas se quiser andar bem vestida; ele não lhe dá nada. As coisas que me traz aqui tem de comprá-las com seu próprio dinheiro.

– Conheço muito bem esse tipo de homem – Tia Miriam meneava a cabeça.

– Pois ainda não ouviu tudo – interrompeu-a D. Sheindl.

Ele tornou a meter os olhos no jornal, disposto a não ouvir mais nenhuma palavra. No entanto, aquela vozinha estridente de D. Sheindl continuava a martelar-lhe os ouvidos.

– Às vezes ele a proíbe de me ver.

– Ele faz isso? Tenho de falar com sua menina, sei como lidar com homens dessa espécie – Tia Miriam ergueu-se indignada, arrumou o vestido, passou a mão no cabelo e voltou a sentar-se. –

Ela está precisando de uns bons conselhos, uma mulher não deve rebaixar-se assim.

– Irá mesmo falar com ela?

Cansado desse diálogo interminável, *ele* procurou concentrar-se em sua leitura. Pouco depois, a conversa já derivava para outra direção. Agora era a vez de Tia Miriam contar coisas a respeito de sua sobrinha.

– Não pode imaginar, D. Sheindl, a consideração que ela tem por mim.

D. Sheindl mostrava-se atenta, como se bebesse cada uma dessas palavras. Os olhos de Tia Miriam brilhavam.

– Em sua última carta, escreveu-me que pretende passar em São Paulo. Vai me trazer um chapéu que comprou em Paris, ela tem muito bom gosto; com certeza me trará também um vidro de perfume. Aí está uma sobrinha que vale mais do que uma filha!

D. Sheindl suspirou.

– Virá acompanhada de seu marido, que é um perfeito cavalheiro – Tia Miriam enfatizou a palavra "cavalheiro". – Os dois se divertem bastante, andam viajando pelo mundo todo. A convite de um amigo, estão agora passando uma temporada em Antibes!

– Antibes?

– Ora, não conhece Antibes da Côte d'Azur?

Nessa altura, quando *ele* pressentiu que Tia Miriam se preparava para uma longa descrição, tão ao seu gosto, achou que já bastava. Levantou-se e caminhou para fora.

7ª PARTE

ANDANDO EM CÍRCULOS NUM DIA OCIOSO

1

BOM RETIRO

Ele havia decidido naquela manhã passar o dia fora. Pedira licença ao Dr. Jacob para levar consigo o Leibovitch, por quem assumiria toda essa responsabilidade.

– Não vai ser fácil para o senhor essa companhia, mas compreendo muito bem a sua atitude, professor – concordou o médico.

Tomou pelo braço o seu velho amigo, que estava também de paletó e gravata como *ele*, e dirigiu-se lentamente para o ponto de ônibus a pouco mais de uma quadra dali. Eram as únicas pessoas que naquele momento aguardavam a chegada do veículo. A manhã estava radiosa, bastante agradável.

– Não podíamos ter escolhido dia melhor, Leibovitch – disse-lhe. – Que tal um passeio pelo nosso Bom Retiro? Você por acaso tem outra sugestão?

Leibovitch não mostrava nenhuma inquietude, parecia bastante calmo.

No ônibus havia poucos passageiros. Ao sentarem-se num banco do meio, *ele* tomou o cuidado de deixá-lo do lado da janela. Já fazia tempo que não viajava num veículo coletivo, por isso todas as coisas no seu interior lhe chamavam a atenção. Respirou fundo, como se quisesse captar algo no ar.

— Você ainda se lembra do cheiro que havia dentro dos ônibus de trinta a quarenta anos atrás? Parece que o estou sentindo agora.

Leibovitch olhava fixamente para fora. O ônibus percorreu uma longa avenida, e no seu trajeto fez inúmeras paradas. Passageiros entravam e saíam, a maioria tinha a preocupação de passar logo pela borboleta, ocupando os lugares próximos da saída.

— Você já se deu conta, Leibovitch, de que este mundo continuará existindo mesmo depois de nossa partida?

Leibovitch por um instante virou-se para *ele*.

— Não se ria, amigo, sei que não é nenhuma novidade o que acabo de dizer. Mas é algo em que tenho pensado muito ultimamente.

Algum tempo depois o veículo se deteve, e eles desceram com mais alguns passageiros.

— Vamos esticar as pernas, companheiro.

As calçadas estavam apinhadas de gente, o comércio regurgitava em toda parte. Foram parando aqui e ali. Havia vitrines com manequins em posições curiosas, ouviam-se apelos de vendedores, pessoas conversavam nas esquinas. A manhã começava a esquentar.

— Que tal se parássemos para tomar um refrigerante?

Entraram numa lanchonete. Vários freqüentadores bebericavam de pé seus cafezinhos.

— Parece que não temos aqui nenhum assento — disse, puxando o amigo para fora.

Mais adiante, acabaram encontrando um bar que dispunha de banquetas altas em volta do balcão. Encarapitaram-se nelas, e *ele* pediu uma garrafa de água mineral com dois copos. Sentado do lado, um homem de chapéu preto, que os vinha observando, puxou prosa em *idish*:

— Vocês estão vendendo alguma coisa?

— Não, senhor — disse *ele*.

— Preciso comprar uma pedra.

— Uma pedra?

— Sim, uma boa pedra, sem carvão.

Após olhar demoradamente para o Leibovitch, o homem perguntou:

— Seu amigo não fala nada?

— Muito pouco.

— Vocês atuam em que ramo?

– Estamos apenas revendo lugares.
– Ora, não tem nada aqui que valha a pena. Se tiverem uma boa pedra podemos negociar.
Afinal saíram, deixando o homem da pedra frustrado.
– Tire-me uma dúvida, Leibovitch: será que tenho cara de contrabandista?
Depois de caminharem um bom tempo, sempre devagar para não se cansarem, detiveram-se diante de um casarão antigo. Atrás do portão de ferro que vedava a entrada, estava de pé um porteiro com arma na cintura.
– Você se lembra deste prédio, Leibovitch? Ele envelheceu tanto quanto nós.
Ficaram a observá-lo em silêncio. O porteiro, que tinha aparência de nordestino, perguntou desconfiado:
– Que é que vocês desejam?
– Nada, fomos professores nesta escola há muito tempo.
– Se quiserem entrar...
– Não, obrigado, vamos ficar olhando pelo lado de fora.
"Meus Deus, quanto tempo fazia isso? Muita água já correu debaixo da ponte", pensou consigo.

2
SOLIDÃO NO COSMOS

O sol estava forte. Felizmente àquela hora o zelador e um faxineiro tratavam da limpeza da Sinagoga.

— Os senhores vieram muito cedo — disse-lhes o zelador, um português risonho que usava uma camiseta. — Aqui costuma-se rezar só à tardinha.

— Não faz mal, queremos sentar um pouco à sombra.

— Está bem. Enquanto limpamos a parte cá de cima, vocês podem ficar no salão de baixo, não tem ninguém.

Havia bancos de madeira encostados na parede; no centro, uma grande mesa com vários livros de reza espalhados, e no fundo, um móvel alto de madeira, protegido por uma cortina de veludo cor de vinho. Pairava sobre todo o ambiente uma leve penumbra.

— Hum, que cheiro de mofo, meu Deus! — *ele* exclamou. — Por favor, sente-se, Leibovitch.

O amigo foi sentar-se ao seu lado, em silêncio.

— Sabe qual é a coisa de que mais se ressente o homem em nosso planeta, Leibovitch? É a sua solidão no Cosmos, sua imensa solidão!

Embora estivesse falando baixo, sua voz ressoava ali com certa retumbância.

— Acabei de ler outro dia que o homem mandou para o espaço uma sonda. Ela leva gravações sobre a Terra, para serem encontradas, quem sabe, por criaturas alienígenas. Imagine essa!

Sua risada ficou ecoando alguns segundos.

— Sabe qual é o espaço que essa sonda terá de percorrer para alcançar a estrela mais próxima? No ano 8600, da era cristã, ela estará a quatro trilhões de quilômetros do Sol.

Leibovitch mantinha-se quieto, sereno.

— No ano 20000, se os cálculos dos nossos cientistas estiverem corretos, a sonda estará navegando nas vizinhanças de Próxima Centauri. E 300 anos depois, ela passará perto de Alpha Centauri, mas a distância ainda vai ser de 32 trilhões de quilômetros. Uma brincadeira, não é?

Leibovitch desviou os olhos dele, demonstrando cansaço ou indiferença.

— Veja bem, ela terá de atravessar a nuvem de Oort, lá onde nascem os cometas, por volta do ano 28000, dizem os cientistas, e gastará para isso mais uns 2400 anos, uma bagatela. Depois de sair dessa nuvenzinha, vai vagar durante mais alguns milhares de anos, e, no entanto, a estrela mais próxima ainda estará a 30 bilhões de quilômetros.

De novo, sua risada ressoou forte e se espalhou por todo o ambiente.

— Por que não me pergunta de onde foi que tirei todos esses números? Pois bem, recolhi-os de um almanaque destinado a adolescentes. Não ria, não. Preciso passar esses números curiosos ao Kopque, o nosso gaúcho, que adora falar do Universo e de suas fronteiras!

Na saída, despediu-se do zelador; este ficou apenas sorrindo para eles, sem compreender a razão por que estavam ali.

— Então, vamos, Leibovitch?

3

VARENIQUES

— Você está com fome, Leibovitch? Creio que já é tempo de comermos alguma coisa.

O amigo caminhava sem dizer nada, vinha arrastando os pés com dificuldade.

— Não sei onde poderemos encontrar um restaurante *casher*. Provavelmente você não faz nenhuma questão disso, não é? Em último caso, entramos num boteco qualquer, pedimos um iogurte ou uma salada mista.

Olhou para o amigo e pôs-lhe a mão no ombro. Um jovem, que estava de pé, debaixo de uma marquise na entrada de uma loja, não tirava os olhos deles.

— Desejam alguma coisa? – perguntou. – Temos artigos femininos de toda a espécie: sutiãs, calcinhas, meias de seda...

Ele sorriu.

— Não é exatamente do que precisamos. Podia informar-nos onde podemos encontrar nestas imediações um restaurante *casher*?

— Vou chamar o meu velho – e virando-se para dentro, gritou: – Pai, dê um pulo aqui.

Não demorou a aparecer um senhor baixote, de óculos levantados na fronte; este olhou bem para os dois como querendo avaliar o tipo de cliente que tinha diante de si.

– Procuram um restaurante *casher*, pai.
– Os senhores ainda não almoçaram? No prédio da esquina, no segundo andar, o Moishe atende em seu próprio apartamento; a comida dele é *casher*. Digam que fui eu que mandei, está bem? Em que ramo vocês atuam?

Já começavam a se afastar, quando o comerciante gritou de longe:

– Esperem um pouco, não os conheço de algum lugar?

Era um prediozinho sombrio e velho; o elevador, cheio de rangidos e solavancos, levou-os ao segundo pavimento. Aflito, *ele* apertou o botão da campainha. Da porta que se abriu, um senhor em mangas de camisa e suspensórios, com um grande *iamelque* na cabeça, examinou-os; em seguida fez um gesto para que fossem entrando.

– Poderia dizer-nos onde fica a toalete? – *ele* pediu, afobado. O homem limitou-se a acompanhá-los através do longo corredor que se abria para eles.

– A toalha está pendurada atrás da porta; a caneca de abluções encontra-se sobre a pia – ele disse, lacônico. – Vou preparar a mesa.

Foi com lágrimas nos olhos que *ele* se aliviou; depois, virando-se para o amigo:

– É bom que faça o mesmo, não convém forçar a bexiga.

Na sala havia poucas mesas, duas das quais já ocupadas por clientes. Na primeira, um sujeito gordo, chapéu na cabeça, comia *guefilte-fish*, e na outra, um homem mais idoso, de barba curta, aparada em ponta, tinha diante de si um prato suculento de *vareniques*. O porteiro aguardava-os de pé ao lado de uma das mesas, próxima da janela.

– O senhor é o Moishe? – *ele* perguntou, lembrando-se do nome mencionado pelo comerciante. – Pode preparar-nos uma canja com miúdos?

O Moishe, que era ali tudo, deu meia-volta e partiu para a cozinha.

– Parece que o Moishe não é de muitas palavras – sorriu para o Leibovitch, sentado diante dele pensativo. – Você ainda se lembra do velho *Restaurante do Jacob*, na José Paulino?

Os outros dois fregueses continuavam a comer em silêncio, sem desviar os olhos de seus pratos. *Ele* continuou:

— Quem sabe, deveríamos ter pedido *vareniques*? Mas, tanto você como eu não temos mais o estômago de outros tempos. De qualquer modo, não vou deixar de pedir para nós uma boa compota de sobremesa. Está bem, Leibovitch?

4

POEMA DA VOLTA

Depois de saírem do *Restaurante do Moishe*, caminharam por várias ruas. O bairro estava mudado, as lojas tomavam conta de tudo, as calçadas estavam cheias de gente apressada, não havia sossego em parte alguma.

– Desapontado, Leibovitch? – perguntou, virando-se para o amigo que andava cabisbaixo. – Talvez devêssemos ter feito outro passeio.

Como não esperasse resposta, prosseguiu:

– Mas para onde formos será sempre o mesmo.

Procurando esgueirar-se do amontoado de pessoas à sua volta, recebeu um súbito encontrão que quase o derrubou.

– Não vê por onde anda, tio – gritou-lhe na cara um adolescente raivoso, com uma pastinha de *office-boy* debaixo do braço.

Ele se encolheu, dando passagem ao garoto, que se distanciou logo.

– Vamos sair daqui, Leibovitch, antes que nos assaltem.

Estavam agora próximos do Jardim da Luz, em cujas imediações passava o ônibus que os levaria de volta para o *Lar*.

– Vejamos como está o nosso Jardim da Luz – disse meio ofegante.

Através do largo portão de ferro, aberto para o público, entravam e saíam freqüentadores de toda a espécie. Havia algumas mulheres empurrando carrinhos de bebê.

– Isso me deixa mais sossegado – disse *ele* quando se sentaram à sombra protetora de uma árvore.

O Leibovitch não tirava os olhos de um par de pombos que viera ciscar num canteirinho, perto do banco. A poucos passos dali, no meio de uma pequena praça, um homem baixo e franzino, de paletó e gravata, empunhando um exemplar preto da Bíblia, pregava em voz alta; aparentemente ninguém ligava para ele.

"Não adianta, meu caro, você está pregando no deserto", *ele* pensou. Leibovitch continuava de olhos fixos nos pombos, que a essa altura já tinham se aproximado dele sem nenhum receio.

– Despertai irmãos, despertai e arrependei-vos... – ressoava a voz rouca do pregador.

– Você se arrepende de alguma coisa, Leibovitch? Eu não me arrependo de nada, a não ser talvez de alguns textos fracos que publiquei fora de tempo. Mas é provável que ninguém se lembre mais deles. De que diabo de arrependimento estará esse homem falando?

Nesse momento o casalzinho de pombos se assustou com alguma coisa e começou a se afastar.

– Despertai, irmãos, despertai e arrependei-vos... – o apelo parecia não ter fim.

– Vamos embora daqui, Leibovitch, antes que ele nos queira salvar também. Vamos voltar para casa. A propósito, lembra-se do poema da *Volta*, de T'ao Yuanming, aquele genial poeta chinês, enamorado da vida? Eu sei, eu sei muito bem que você prefere outros poetas, nem precisa me dizer. O poema foi escrito quando ele decidiu abandonar o seu ofício de magistrado: "Ah, para casa volto! Por que não voltar, vendo que o meu campo e a minha horta se encheram de ervas más?"

Já começava a escurecer quando tomaram o ônibus de volta para o *Lar*. O veículo estava lotado e no ar vagava um cheiro inconfundível de suor.

– O nosso dia até que não foi dos piores, não é verdade, Leibovitch?

8ª PARTE

O LAR SE DIVERTE

1
ECLESIASTES

Ele estava sentado numa poltrona da entrada principal, quando Eva, sua nora, chegou. Vinha vestida com um costume de linho branco, típico do verão que ora começava, no limite de uma elegância discreta, como aliás sempre estivera acostumado a vê-la.
— Ora, vejo que o senhor está bem-disposto. Mas não entendo por que usa em pleno verão esta malha de lã – Eva procurou gracejar.
— É em sua homenagem, Eva.
Ela sorriu satisfeita para ele.
— Bem, quer saber de uma coisa? A malha lhe cai muito bem.
— Então estamos de acordo. Como vai seu maridinho? A última vez que esteve aqui, pareceu-me preocupado.
— Conhece bem o seu filho. Até hoje ele não se conforma com o fato de o pai ter-nos deixado.
— Mas que bobagem, a dele. Iossl vai acabar se acostumando, foi bom para todos nós. Agora me diga como é que anda o nosso jardim, Eva?
— Pois eu ia lhe falar a respeito dele. Os crisântemos amarelos estão vingando. Mas as rosas, estas me dão muito trabalho. Não encontro ninguém que me ajude a tratar delas.
— Não vamos exagerar, Eva; o que eu lhe dava, quando muito, era apoio moral.

– Está bem! – ela fixou os olhos nele. – E como vai a sua rotina por aqui?

A chegada de outras pessoas ameaçava-lhes a privacidade; levantaram-se e foram para o pátio externo.

– Minha rotina? Quer saber mesmo? Acordo cedo, faço minhas orações, não perdi esse hábito, depois desço ao refeitório para o desjejum. Em seguida volto para o meu quarto, onde fico estudando, lendo ou escrevendo. Após o almoço, subo de volta para um cochilo; à tardinha, passeio entre as árvores do jardim.

– Está escrevendo?

– Ah, nada de mais! Mero passatempo. Nada que eu já não tenha escrito ou pensado em outros tempos. Como diz o velho Eclesiastes: "Nada de novo debaixo do sol".

Ele repetiu consigo próprio: "O que foi é o que há de ser; e o que se fez, isso se tornará a fazer; nada há de novo debaixo do sol".

Ao se aproximarem de um dos bancos de madeira, *ele* fez um gesto cavalheiresco.

– Vamos sentar neste, está limpo: os passarinhos o pouparam.

Ela ajudou-o a sentar-se.

– Para completar a rotina, à noite janto no refeitório, depois assisto ao noticiário da televisão. Ficamos batendo papo e trocando comentários a respeito das coisas que nos acontecem. Fico ali a ouvi-los até me dar sono. Você não pode imaginar a quantidade de casos que se acaba conhecendo.

Tornou a refletir no Eclesiastes: "O vento vai para o sul, e faz o seu giro para o norte; volve-se e revolve-se..."

– Como vai o seu amigo, o Leibovitch?

– Ah, o Leibovitch! O Iossl com certeza lhe contou alguma coisa. Ele não é mais o mesmo. É uma pena, poderíamos conversar muito. Sabe, Eva? A esclerose acaba com a nossa dignidade. Eu peço ao *Reboine shel Oilom* que me castigue com o que quiser, menos com esse mal.

Outro verso de Eclesiastes ecoou-lhe na memória: "Que sabes afinal de tua lucidez, ó vã criatura?"

– Você ainda não me falou do Guershom. – *ele* prosseguiu. – Como está indo o nosso garotão?

– Deu agora para tocar jazz.

— Quê? Ele quer ser um *Klezmer*? Eu preciso ter uma prosa com esse moço. Eva, me diga uma coisa, ele continua com aquela namorada... como é o nome dela?
— Sura.
— Pois é, Sura... arre, que nome! Não está na hora de vocês tratarem do assunto com mais seriedade? Já falaram com os pais dela?
— Que quer dizer com isso?
— Ora, Eva, você sabe... casório.
Ela se riu bem-humorada.
— Gerson é apenas um rapazinho — acrescentou seriamente. — Além do mais, o senhor não pode esquecer de um fato: as coisas hoje em dia não se passam mais como antigamente.
— Sim, às vezes eu me esqueço.
O Eclesiastes mais uma vez cutucou-lhe a consciência. Ora, por que andava pensando tanto no velho Eclesiastes? Mas a verdade era uma só: "Há alguma coisa de que se possa realmente dizer: vê, isto é novo?"

2
BOM DIVERTIMENTO, HERR PROFÉSSOR

Muitos pensionistas estavam chegando para o baile daquela noite. Começou a "noitada especial" do *Lar*.

– O programa de hoje será dedicado aos amantes da dança – repetiu o Sr. Rolf com certo orgulho na voz, ao entrarem juntos no salão. – Veja só como minha Elza está alegre! E sabe por quê? Ela adora valsas. O senhor com certeza as aprecia também, não é, *Herr Proféssor*?

O casal realmente estava alegre e excitado.

– A noite das noites – Sr. Rolf improvisou um passinho de dança que fez rir a esposa. – Bom divertimento, *Herr Proféssor*!

O casal se afastou e foi ocupar uma mesinha no meio do salão. De pé, num canto, três homens, vestidos de *smoking*, com ares tristes tocavam uma valsa; a música fluía trêmula e suave.

Hershl, *der comediant*, movia-se entre as diversas mesas. Tia Miriam estava com seu elegante vestido preto e sorria para todos. D. Sheindl, sentada ao lado de Vélvele Zaltzberg, falava-lhe de sua vida. Aizenberg, o milionário, enfarpelado num terno preto, ocupava sozinho uma mesa lateral. Motl e Kopque permaneciam de pé no meio da pista, sem tirar os olhos das mulheres.

– Que tal as potrancas, amigo Motl? – perguntava-lhe o gaúcho.

Hershl, abrindo os braços, fazia sinais ao público para que fosse dançar e não ficasse parado. Vários casais se ergueram e começaram a se dirigir para o meio da pista.

– Como se sente, professor? – perguntou-lhe Sr. Aizenberg.

Os pares movimentavam-se com esforço, procurando entrar no ritmo cada vez mais acelerado da valsa. No ar vagava uma leve mistura de aromas, pó-de-arroz e lavandas que as mulheres usavam.

– Tia Miriam é uma excelente dançarina, não acha? – Sr. Aizenberg tinha um tom alegre na voz. – Mas veja só o amigo Rolf, parece um elefante no picadeiro! Repare o brilho que anda nos olhos dos nossos convivas, a vida pulsa neles. Motl esqueceu seu Coríntians e, veja, está de olho numa dama, mas ainda não tomou coragem para aproximar-se dela. Kopque talvez se lembre de seus bailes em Erebango e deve estar agora com cócegas nos pés. Mas olhe para a Tia Miriam, é a própria rainha da valsa.

Terminado o número, o trio, que era composto por dois violinos e uma clarineta, passou sem intervalo para um repertório de músicas americanas. Os aficionados da valsa fizeram cara feia, não esperavam por isso. Abaixando seu arco, o violinista, o mais jovem deles, começou a cantar:

– *Bai mir bistu chein, bai mir hostu hein...*

Nisto Sr. Aizenberg levantou-se e, com toda a etiqueta, foi tirar Tia Miriam, que sorria para ele. O clarinetista disparou por uma música romântica, acompanhado de perto pelo *crooner*.

– *Amaaada miiiia... love me for ever...*

Os casais atrapalharam-se um pouco com seus passos, mas logo se recompuseram. Vozes alegres dominavam todo o salão. Algumas mulheres dançavam com outras. O baile estava ficando animado. Uma brisa fresca, vinda do pátio, entrava pela ampla janela, bulindo nas cortinas e enchendo o ar com as fragrâncias da noite.

– *La última noche que passéeee contigo...* – sublinhava agora a voz trêmula do *crooner*.

Metido no seu terno de linho branco e com o seu conhecido chapeuzinho de abas levantadas, Hershl não parava um instante; mexia com todos, sobretudo com as mulheres que riam dele, fazia imitações, ensaiava uns passos de dança, cantarolava, soprava pelas ventas imitando o som de um saxofone, dava sustos nos que estavam desatentos. Sua voz se ouvia por toda a parte.

– Dancem, meus amigos, dancem... *Lá última noche que passée contigo*...

No auge do entusiasmo, ele aproximou-se dos músicos, que continuavam tristes e entediados, e cochichou-lhes algo no ouvido. De imediato, interromperam o que vinham tocando. Em seguida iniciaram uma nova melodia.

– Vamos, continuem a dançar – conclamava o Hershl, com a sua boca torta e a face inteiramente repuxada. – Um passinho pra cá, outro pra lá.

A *Dança Macabra* de Saint Saens fluía agora suave e envolvente. Lá fora, por entre as sombras da noite, os grilos e os sapos faziam o seu coro.

3
AS MEDITAÇÕES DE REB GUETZL

Ao entrar aquela manhã na pequena biblioteca do *Lar*, deu de cara com o *Reb* Guetzl, única pessoa ali presente, às voltas com seus livros de estudo. Não querendo perturbá-lo, encaminhou-se para um canto da sala. Bem diferente dos outros pensionistas *Reb* Guetzl lhe passava um ar de incrível mansidão. Sua figura reclinada, com a barba inteiramente branca a se espalhar pelo peito, lembrava-lhe de certo modo o caráter patriarcal dos seus antigos mestres.

Por um momento ficou a observá-lo. Por onde estaria vagando a mente desse homem, em geral voltada para outras esferas? Não era improvável que estivesse agora fazendo companhia ao patriarca Abraão em seu assalto às imagens de *Taré*, ou talvez passando pela terrível provação do sacrifício de *Isaac*, ou então se extasiando com a enigmática escada de *Jacó*.

Sorriu ao lembrar-se do entusiasmo de *Reb* Guetzl quando, outro dia, num comentário sobre essa escada de *Jacó*, passou a referir-se a diversas *agadot*: "Seu cimo alcançava o céu, e tinha a largura de oito mil milhas... *Jacó* sonhava e o Senhor mostrava-lhe os que subiam e desciam... Enquanto *Elias* subia ao céu durante a tormenta, *Jonas* descia para as profundezas..."

Reb Guetzl, ao levantar os olhos do livro, percebeu-lhe a presença.

– Creio que a providência o enviou aqui na hora certa – saudou-o *Reb* Guetzl. – Eu precisava compartilhar com alguém a preciosidade deste estudo.

Sua voz pausada converteu-se num sussuro, como se estivesse tratando de um assunto muito íntimo:

– Nossos sábios dizem: "Tudo foi criado em duplicata, em toda a parte um é correspondente do outro, e se não fosse assim, não existiria nem um nem outro".

Após uma curta pausa, ele prosseguiu imperturbável:

– Não houvesse morte, não existiria vida, e se não houvesse vida, não existiria morte. Percebe? É tão simples.

Tendo dito isso, cofiou a barba pensativamente.

– Percebe aonde tal raciocínio nos conduz? Tudo no mundo tem o seu contraste, tudo menos o Criador, que é um só.

Reb Guetzl estava entregue a mais uma de suas meditações, e tinha para tudo *agadot* que se encaixavam feito luvas. À luz delas, não havia nada para o qual não encontrasse a devida justificação.

– Por isso há o rico e o pobre, o esperto e o tolo, o fogo e a água. Sim, o calor e o frio, a luz e as trevas. E seguindo sempre a mesma linha: o alimento e a fome, o atrativo e a aversão, a vida e a morte. Entendeu, meu amigo? Não acha admirável esta ordem da criação?

Suas mãos enrugadas continuavam abertas sobre o livro, como se este encerrasse em si sua prova mais irrefutável.

– Estes contrastes não lhe dizem nada? A aflição e o desejo, o riso e o pranto, não vê, todos foram criados juntos, um é correspondente do outro.

Reb Guetzl retraiu-se, depois murmurou algumas palavras de desculpas e voltou a mergulhar em seu livro de estudo. Era como se ninguém mais estivesse ali.

A frase com que havia concluído o comentário da "escada" de *Jacó* ressoava-lhe nos ouvidos: "Sabe, o símbolo dela para o jovem *Jacó* foi claro: os mundos estão interligados, todas as coisas têm relação entre si, as celestiais com as terrenas, as terrenas com as celestiais..."

4

INSÔNIA

Acordava às vezes no meio da noite. Por alguns segundos os olhos piscavam no escuro estranhando o lugar. Pouco a pouco recobrando a noção das coisas, dizia para si mesmo: "Ora, você está em sua nova casa; este é o seu quarto de dormir". Já podendo visualizar os contornos dos móveis que o cercavam, punha-se a ouvir os pequenos ruídos que vinham dos outros quartos. Sons débeis e abafados, o vento que bulia na janela, o barulho da descarga de água e da corrente precipitando-se encanamento abaixo. Ouvia também os sons solitários de passos lentos e regulares de alguém caminhando de um lado para outro.

Na última noite, virou-se e revirou-se na cama, sem conseguir adormecer. Em outros tempos, quando isso lhe acontecia, pegava um livro para ler, até sentir seus olhos se fatigarem. Desta vez, como preso de um grande torpor, continuou deitado, de olhos abertos no meio da escuridão que o envolvia.

O cobertor quente provocava-lhe forte transpiração e, no entanto, sentia arrepios quando tentava descobrir-se. Tendo deixado de fumar desde que o médico lhe impusera a proibição, pela primeira vez voltou a sentir falta do cigarro. Mas onde iria buscar um, a essa hora da noite?

Todo som morrera; o tempo parara. Fechou os olhos e imaginou Sara deitada ao seu lado. Jovem e viçosa, a curva familiar de seus seios erguia-se contra a obscuridade. Após tanto tempo, desejou o contato cálido e macio do seu corpo. O silêncio à sua volta se tornou tão intenso que lhe parecia zumbir e oscilar. Quantos pensionistas estariam também acordados como *ele*? Em que estariam pensando? Em seus filhos? Em seus netos? No passado? Em algum episódio distante? Estariam fazendo os seus balanços de vida?

Curiosamente lhe veio à lembrança o seu primeiro encontro com Sara. Era uma jovem de tranças, que acabava de conhecer numa reunião de professores. Via-a agora com bastante nitidez. Ela trazia um livro debaixo do braço, livro que tomara emprestado de sua amiga, filha do anfitrião da casa. Por que será que se lembrava disso? Fazia tanto tempo! Foi certamente um período dos mais felizes de sua vida: sentia-se então cheio de vigor e confiança. O tempo todo não conseguira tirar os olhos dela, tal como o jovem *Jacó* ao avistar junto do poço aquela filha formosa de *Labão*. *Ele* havia escrito por aqueles dias um longo poema (todo jovem escrevia poemas) e, mesmo não o tendo ainda concluído, não resistia à tentação de compartilhá-lo com ela. Ficaram sozinhos caminhando lado a lado naquelas ruas ermas e silenciosas. Os olhos escuros de Sara exprimiam emoção. O céu estava estrelado. *Ele* falou-lhe de livros, de personagens, de poemas. Falou-lhe de seus projetos. Em que momento suas mãos se tocaram? Ainda agora, tantos anos depois, lembrava-se desse contato e podia senti-lo.

No meio do lusco-fusco do pequeno quarto pareceu-lhe que uma sombra se movia rente da janela; no entanto, já tomado pelo sono, mal podia distinguir o que quer que fosse. Tudo para *ele* começava a se diluir, a se desvanecer, tudo se tornava quieto, sereno, distante. A última coisa que seus olhos exaustos avistaram foi, através do véu que protegia a janela, uma nesga de céu cor de anil levemente irisado pela luz crua da manhã.

9ª PARTE

A MEIA VOZ

1

A COISA QUE NÃO SE CONSEGUE VULGARIZAR

O filho chegou aquele dia de surpresa; esperava-o quando muito para o sábado ou para o domingo, dificilmente vinha no meio da semana. Ficou desconfiado de que houvesse alguma coisa.
— Ora, pai, deu-me apenas vontade de conversar. Na realidade estou no meio de um projeto complicado e resolvi dar uma parada.
Talvez houvesse algum probleminha com o neto.
— Como vai o Guershom?
— Ah, está bem! Estudando, namorando, tocando violão...
— E a Eva?
— Nenhuma novidade.
— E você, Iossl?
O filho olhou para *ele* sorrindo. Ah, como este sorriso lhe fazia lembrar o jeito de Sara!
— Vamos parar com esse interrogatório, pai.
A passos lentos foram caminhando por entre as árvores do jardim. A brisa bulia nas folhas e, de longe, se ouviam pios agudos de pássaros.
— Inacreditável como este lugar é sossegado!
"O sossego dos cemitérios", *ele* pensou consigo.
— Você me parece um tanto acabrunhado, Iossl. Estou certo?
— Nada de grave, apenas probleminhas existenciais.

– Existenciais?
– Sim, quem não os tem?
Ele achou graça.
– Sabe, Iossl, às vezes acho que o homem foi criado meio às pressas, no final de uma semana cheia de trabalho!

Eles riram e foram sentar-se num banco do lado de um pequeno coqueiro que sombreava o lugar. Qual seria o assunto que o filho tinha para tratar com *ele*?

José ficou algum tempo calado, por fim disse sério:
– O Dr. Jacob me falou a respeito de sua saúde.

Um coquinho amarelo desgarrou-se do seu cacho e rolou pela grama na frente deles, atraindo-lhes a atenção.

– Com certeza, andou exagerando – *ele* comentou, erguendo-se e indo pegar o pequeno fruto. – Outro dia experimentei um igual a este! Mas o que foi que o *Dóctor* lhe andou contando? Posso lhe garantir que estou bem, pouca coisa mudou.

Um ligeiro arrepio percorreu-lhe o corpo ao lembrar-se das faces macilentas de Sara, em suas últimas semanas. Ah, meu Deus, se pudesse apagar essa imagem! Por fim *ele* mordeu o coquinho e sentiu sua seiva esparramar-se pela língua.

– Como está doce!

O filho olhava sério para *ele*.

– Não me faça esta cara, Iossl. Ninguém vive eternamente, ou *ad infinitum*, como diria meu amigo Zaltzberg. Ora, ninguém sabe quanto tempo nos resta.

O filho continuava silencioso (estava com aquela expressão de garoto assustado).

– Vamos até à cantina? Você não a conhece. Que tal um chá de erva cidreira para nós dois?

Naquela tarde eles conversaram muito: frases soltas, vagas reminiscências, algumas confissões, alguns segredos, alguns pensamentos que nem sempre tiveram coragem de revelar. A fria postura com que o filho às vezes falava com *ele* desvaneceu-se um pouco.

– Faz tempo que não tomamos um chá desses – *ele* disse, encostando-lhe a mão no ombro.

Depois, levantou-se e foram caminhando por uma pequena alameda em boa parte coberta de seixos miúdos que faziam ruído por debaixo de seus sapatos.

– Bem, está na hora de você ir embora, Iossl. Na verdade, já estou um pouco atrasado, prometi hoje aos meus amigos da Sinagoga que iria participar dos serviços de *minchá* e *maariv*. Sabe, eles têm problemas com o *minian*.

José continuou seguindo ao seu lado.

– Podemos ir juntos, pai?

2
UM ANJO BATEU-ME À PORTA

Ele sentiu-se na obrigação de passar pelo velório, Mendl *der linker* havia morrido aquela tarde.

Alguns pensionistas já estavam ali. Azril, como sempre, ocupando sua cadeira junto da entrada. No meio da sala, o caixão simples, fechado, com uma vela acesa do lado da cabeceira. Havia cadeiras encostadas na parede; numa delas, copinhos de plástico empilhados em volta de uma garrafa térmica. O cheiro de cera derretida misturava-se com os aromas que a noite vinha trazendo para dentro.

Tinha a intenção de ficar só alguns instantes. Mal conhecera o Mendl, embora soubesse dos seus infortúnios e de sua solidão nos tempos finais. Será que viria algum parente? Algum filho? Ninguém nunca os vira por ali. Alguns dentre os pensionistas presentes, agrupados em pequenas rodas, já começavam a entreter-se com conversas, mas num tom tímido e baixo.

Procurou acomodar-se numa cadeira ao lado dos outros. É curioso, pensou consigo, não existir em toda a *Torá* nenhuma referência explícita à vida do além-túmulo; tudo o que foi exposto pelos nossos mestres, na verdade, não passa de pura *Agadá*, e, no entanto, cremos nela, nessa tão hipotética vida após a morte, como se tratasse de um dos conceitos judaicos mais exatos. Seu velho *Rebe* dizia: "No entanto, eu lhes afirmo: não existe uma só palavra na *Torá* que não contenha pelo menos um *remez* a respeito do mundo do Além".

Resolveu ficar mais algum tempo. A temperatura estava agradável, a noite já caíra de todo. Depois voltaria para o quarto e ficaria lendo mais um tanto até lhe dar sono. Meu Deus, estar vivo e, num átimo, estar morto, acabado, nada mais a dizer. Quais teriam sido seus últimos pensamentos, suas últimas sensações, meu caro Mendl? Quais foram as obras que você não concluiu?

Formou-se uma roda em torno do Aizenberg, que estava ali presente desde o início. Por alguma razão ele discorria a respeito da lei que se impunha aos *cohanim* proibindo-os de entrar na casa de doentes às portas da morte.

– E se o médico for um *cohen*, como é que fica? – perguntou-lhe Kopque.

– Neste caso, é perfeitamente admissível.

– Ainda bem! – Kopque balançou a cabeça, suspirando.

Os outros se riram dele. Mas nem por isso o gaúcho recuou; em poucos minutos havia deixado escapar uma nova série de indagações. Por que na casa de um morto se despeja na rua toda a água que se encontre nos copos, jarras e panelas? Por que o corpo do falecido é colocado com os pés apontados para a porta? Por que nunca se deve deixá-lo sozinho? É verdade que, por mais pecados que se tenha, ninguém é condenado a mais de um ano de *Gueena*?

O Aizenberg abriu os braços desconsolado.

– Ah, como é difícil morrer com o nosso Kopque!

O Kopque queria saber de tudo. Como é exatamente o *Gan Eden* e a *Gueena*? Quais são as regras do julgamento no Tribunal Celeste? E o *Guilgul Neshomes*?

– Até parece que ele está se preparando para o grande momento – disse o Aizenberg.

Nesse instante entraram no velório o médico e mais um acompanhante. Todos se calaram.

– Seu pai entrou aqui há quatro anos – dizia o médico, segurando o braço do acompanhante. – E no fim das contas ele viveu muito bem conosco.

Era o filho do Mendl. Um rapaz tímido e de ares doentios. Todos puseram os olhos nele.

– O enterro está marcado para a parte da manhã – disse o *Dóctor* – O senhor tem parentes para avisar?
– Moram muito longe – o rapaz balbuciou em resposta. – Talvez alguns companheiros dele.
– Está bem, se o senhor quiser, pode avisá-los.

Diante desse diálogo que prosseguia a meia voz junto do caixão, todos se mantinham atentos, não querendo perder nenhuma palavra. O rapaz estava com os olhos arregalados e suava um pouco.

Pouco depois, já se sentindo cansado e não querendo ouvir o restante do diálogo, *ele* levantou-se e saiu discretamente. Respirou fundo o odor acre que vinha da terra. Enquanto se afastava do local, ficou pensando no Mendl. Seus passos no meio do pátio deserto ressoavam solitários. Nem se deu conta quando começou a trautear baixinho o velho refrão do extinto: *De pé, ó famélicos da Terra, de pé...*

3

TOLICES

Não conseguindo adormecer, meteu os pés para fora da cama e foi sentar-se à mesa, diante da janela. Abriu o caderno de notas no qual costumava rascunhar as coisas que lhe vinham à cabeça. Mantendo-o desde que viera para o *Lar*, as folhas em sua maioria estavam cheias; só algumas continham frases soltas, títulos de assuntos ou lembretes, tais como: "Que penso disso, afinal?", "Esse assunto me interessa?", "Tal assunto não me interessa absolutamente". Nas folhas que estavam cheias, em alguns casos, aproveitando o espaço das margens ou mesmo das entrelinhas, vinham anotações de última hora, redigidas em letras miúdas mas bem claras.

Tendo ajeitado os óculos, ficou a folheá-lo sem pressa. De vez em quando parava aqui ou ali, lia um trecho com atenção e, valendo-se de seu lápis de ponta fina, acrescentava alguma coisa ou corrigia o que estava escrito. A um dos títulos, "Observações caóticas acerca da Vida", acrescentou à margem: "A Vida com certeza tem uma significação, mas ela é diferente para cada um de nós". Refletiu um pouco e agregou à frase uma palavrinha final – "Bobagem". Passando em seguida para outro título, que lhe pareceu pomposo, "Considerações a respeito da Natureza Humana", uma página cheia do começo ao fim, nem se deu ao trabalho de ler, apenas escreveu embaixo: "Bobagens, só bobagens".

Meio entediado, continuou folheando ao acaso, até deter-se numa cópia que *ele* tinha feito recentemente. Era a famosa descrição da morte de Sócrates, escrita por Platão. Nem sabia por que a tinha copiado. Percorreu-a com os olhos, mas, ao chegar à parte final, não se conteve e passou a lê-la, proferindo as palavras em voz audível.

"Unicamente Sócrates se mantinha calmo: 'Para que tanto espalhafato? Pedi que as mulheres saíssem, sobretudo para assim não procederem, pois ouvi dizer que um homem deve morrer em paz; acalmem-se e conformem-se'. Ouvindo tais palavras sentimo-nos envergonhados e represamos as lágrimas; e ele pôs-se a andar, até que, conforme disse, as pernas começaram a fraquear-lhe..."

Por um instante interrompeu a leitura e vagarosamente abriu as duas folhas da janela. Era uma noite escura em que não se avistava nenhuma estrela.

"...deitou-se então de costas, de acordo com as instruções recebidas. E o homem que lhe dera a cicuta ficara a observá-lo; depois de algum tempo, apertou-lhe os pés com força e perguntou se os sentia. Sócrates respondeu que não. Em seguida apertou-lhe as pernas, cada vez mais para cima, e mostrou-nos que estavam frias e hirtas..."

Apesar da noite abafada, *ele* começou a sentir frio e tornou a fechar a janela.

"...e então Sócrates notou-lhe o estado e disse: 'Quando o veneno chegar ao coração, será o fim de tudo'. Já começava a sentir frio o baixo ventre quando descobriu o rosto (pois o havia velado) e disse – e foram essas suas últimas palavras: – 'Críton, devo um galo a Asclépio, não esqueça de pagar essa dívida'..."

Tendo chegado a este ponto, calou-se comovido. Depois, escreveu junto à última linha: "É assim que morre um sábio".

Já bem perto do final do caderno, chamou-lhe a atenção uma página praticamente em branco, que continha um pequeno cabeçalho: "Morte, será nosso último sono?" Pôs de lado o lápis, trocou-o pela caneta e, aproveitando o espaço existente, começou a escrever depressa:

"Ora, o próprio Moisés, nosso mestre insuperável, em parte alguma fez-nos promessas ou ameaças que não fossem temporais; não nos prometeu o céu, nem nos ameaçou com o inferno: todos os prêmios e todos os castigos, restringiu-os a este mundo. Nenhuma palavra dele sobre a imortalidade da alma, nem sobre a vida futura. *Nefesh, Ruach, Neshome*, que é isso? Quem és tu? De onde vens? Que fazes? Para onde vais? É inútil especular quanto aos sentimentos de Moisés; nesta questão, deixou-nos completamente no escuro. Teria afinal razão o velho Epicuro, quando disse o óbvio, rindo-se de todos: 'A morte, para nós, nada representa; enquanto estivermos vivos, ela não existe, e quando ela ocorrer, nós deixaremos de existir'?..."

Parou para reler o que tinha escrito. Depois, retomando a caneta, escreveu depressa ao pé da página: "Um amontoado de tolices; não devo esquecer em hipótese alguma de queimar este caderno..."

4
OUVES, SARA?

Ultimamente, cada vez com mais freqüência, deixando de lado o que estivesse escrevendo, seu pensamento se desviava do papel, fugindo para longe dali. Era tomado por recordações antigas, algumas em torno de pequenos episódios que julgava perdidos no passado. Esta manhã foi atraído pelo barulho da chuva que começava a respingar em sua janela. O tamborilar ritmado das gotas remetera-o lentamente a outra chuva, esta bem mais forte, que batia contra o vidro sujo de fuligem de um trem no qual *ele* e Sara viajavam.
– Veja, Sara, está começando a chover.
– Adoro a chuva – ela respondeu.
Eles estavam viajando para Santos, e era a primeira vez que desciam para o litoral. O rosto jovem de Sara mostrava toda a satisfação que sentia.
A frase espontânea dela vinha-lhe agora à mente com certa pungência. Ao longo dos anos ouvira-a muitas vezes, mas esta fora a primeira: "Adoro a chuva".
Mais tarde, já alojados no quarto de pensão, ela repetiu: "Adoro andar debaixo de chuva, não vamos ficar aqui plantados, quero senti-la no rosto". *Ele* riu-se dela e pensou: "Esta maluquinha imagina que ainda está em sua aldeia".

Foram os únicos hóspedes aquela hora a sair para a praia. Sara agarrada a *ele*, mantendo os olhos fechados, erguia o rosto para receber de frente a chuva. "Mas que loucura!", *ele* pensou. De longe, o mar agitado lançava ondas altas e extensas contra a estreita faixa de areia. *Ele* tinha a sensação de que estavam sozinhos no mundo: Adão e Eva. "Meu Deus, por que me expulsaste do paraíso?"

Ao final da tarde, de roupas mudadas, sentaram-se na varanda, onde uns poucos hóspedes estavam reunidos, todos estranhos entre si. Talvez devessem ter ido à pensão do Brickman, onde sempre havia gente conhecida, mas o seu dinheiro não dera para tanto. De qualquer forma ficariam só uma noite; no dia seguinte voltariam para São Paulo. Sara apanhou uma das revistas que estavam jogadas sobre a mesa e, por cima dela, com seus olhos buliçosos, cheios de malícia, olhou para *ele*, divertida.

Apesar de toda a frustração que sofrera aquele ano, quer pelo salário reduzido (para não dizer humilhante), quer pela falta de perspectiva em todo o seu trabalho de professor (nesse período, lembrava-se, havia posto de lado sua literatura sem rumo – quem se interessava por poemas judaicos?), apesar disso tudo, era de reconhecer, não se sentia infeliz. Sara desempenhava em sua vida um papel moderador, capaz de equilibrar tudo, era sem dúvida uma companheira inteligente. "Uma esposa nos moldes judaicos", *ele* dizia-lhe isso em tom de gracejo, repetidas vezes.

De volta ao quarto, depois de terem terminado a refeição que ela trouxera de casa, Sara virou-se para *ele* e perguntou: "Então, agora diga-me você o que é afinal ser um bom esposo nos moldes judaicos?" Uma pergunta surpreendente dela e algo séria, embora a tenha feito com o propósito aparente de também brincar com *ele*. *Ele* fitou-a nos olhos e respondeu no estilo clássico de Peretz: "Ouves, Sara? Hás de sentar-te comigo na mesma poltrona... O Senhor do Universo terá de concordar..."

O véu de bruma que se avistava através do vidro desvaneceu-se de repente, dando lugar a outro cenário. Este era agora de um pequeno quarto de hospital. *Ele* se encontrava sentado numa poltrona dura, de olhos fixos no escuro. Na cama alta, via-se o vulto de Sara com seu corpo miúdo; uma máscara de oxigênio cobria-lhe parte do rosto. Ouvia-se apenas o gargarejo de ar que escoava constantemente do aparelho. *Ele* sabia que Sara não passaria dessa noite.

Pedira ao Iossl que fosse para casa, queria ficar sozinho com ela. "Mesmo que não possamos mais conversar, Sara..."

Havia pouco, ela abrira os olhos, despertando de um longo torpor, e olhara para *ele*. Em seus olhos não existia mais nenhuma expressão. O brilho e a vivacidade deles – que lhe eram tão familiares – desapareceram. Talvez não o reconhecessem mais. Talvez o estivessem confundindo com outra pessoa. Quem sabe, o médico ou a enfermeira? Talvez vissem nele o próprio Anjo da Morte. Impossível saber o que os olhos de um moribundo vêem.

"Sou apenas eu, querida, não tenhas medo." E por dentro dizia para si mesmo: "Estarei sonhando? Não, não pode ser, isso é um sonho ruim".

De novo, a impressão de um leve tremor de uma parte do pequeno corpo de Sara fez com que *ele* se pusesse de pé. Mas não, não era nada. Ela continuava imóvel e adormecida profundamente. O que teria perturbado o seu sono? Num breve instante de lucidez, que espécie de lembrança teria percorrido sua mente? Ao passar-lhe a mão pelas faces, sentiu-as frias e exangues. Então voltou a sentar-se. Algum tempo depois, desviou os olhos na direção da janela fechada e, pensativo, ficou a olhar através do vidro embaçado. Lá fora, em diversos pontos isolados da cidade, bruxuleavam pequeninas luzes.

10ª PARTE

BAL MASQUÉ

1

NÃO ME ENTERREM EM MITZRAIM

    Era sábado. Já haviam sido rezadas as preces de *Shaharit*. Sentado no canto da Sinagoga, em seu lugar de costume, *ele* agora acompanhava atento a leitura da *Torá*, na voz cava e trêmula de *Reb* Guetzl, que a fazia seguindo a clássica melopéia usada pelos leitores. Tratava-se da última passagem do *Breishit*, quando *Jacó*, em seu leito de enfermo, pressentia a hora final que se avizinhava.
    De outro assento mais distante, Aizenberg fez-lhe um gesto como desejando chamar-lhe a atenção para um ponto do que se lia. Sr. Rolf, o diligente zelador da Sinagoga, investido de suas funções, passeava os olhos por toda a assembléia, cuidando para que ninguém perturbasse a leitura que prosseguia lentamente.
    Ele ficou meditando em torno do possível sentido do primeiro versículo que *Reb* Guetzl acabava de ler: "E *Jacó* viveu na terra do Egito dezessete anos..." Qual teria sido a razão de aqui só haver referência ao período de dezessete anos no Egito e nenhuma quanto ao número de anos em sua terra natal? A esta questão (sorriu ao lembrar-se) os mestres costumavam responder: "Ora, na sua própria terra ele não contava os anos; lá em Canaã, os anos lhe corriam cheios de ação, pois tinha um ideal em mira, e, para quem alimenta um ideal, os dias e os anos passam depressa sem que se dê por isso. No entanto, agora que vivia em terras estranhas, apesar

de todo o bem-estar físico e de todo o carinho dos filhos e dos netos, ele não passava de um intruso, de um imigrante apenas tolerado, de um *guer*, e por isso contava os dias e os anos que lhe pareciam parados, infinitos... dezessete anos".

"Vaicrevu iemei Israel lomut...", arrastou-se a voz de *Reb* Guetzl, sempre dentro da melodia.

Sentindo que sua vida se extinguia, *Jacó* mandou chamar o filho, José, seu Iossele. Durante esses longos anos no Egito, *Jacó* teve muito tempo para refletir, trazia uma constante preocupação com o futuro dos filhos. O que aconteceria com eles neste país estranho? E quanto à promessa divina: "Eu te farei frutificar... darei esta terra à tua semente, depois de ti, para possessão eterna..."? *Jacó* com certeza não estava preocupado consigo próprio: havia um problema muito mais grave. Estaria por acaso antevendo as cenas da longa Diáspora? Por antecipação, seu coração de pai não estaria se condoendo com a sorte de seus descendentes, expulsos dum país para outro, levados como rebanho ao matadouro?

Nessa altura, Aizenberg, tomado por novo impulso, ergueu-se de sua cadeira. Mas deu logo com o olhar firme do Sr. Rolf, que parecia dizer "aqui, quem manda sou eu", e voltou a sentar-se, não sem antes balançar a cabeça, contrariado. A luz clara da manhã tomava conta de todo o interior da Sinagoga.

A voz do leitor ganhara um timbre mais firme.

"Vaiomer...", e *Jacó* disse a José: "Se achei graça diante dos teus olhos..." Este velho floreio retórico empregado por *Jacó* – ele pensou consigo, reconhecendo-lhe o estilo – não passava de mera introdução para o longo discurso que o patriarca se propunha a fazer. Aliás, na escritura oficial, só vinha registrada a essência dele, *Al tikbereini b'Mitzraim*, "não me enterres no Egito", mas com certeza *Jacó* dissera muito mais, e os grandes *Rabanim* neste ponto esbanjaram comentários e conjeturas.

Ele próprio ficou imaginando o que *Jacó* teria dito ao seu filho José: "Iossele, meu querido filho, como vês estou às portas da morte, e este é um momento muito sério para mim. Aqui termina minha viagem; o que fiz, fiz, e não há mais tempo para nada. Quero pedir-te só uma coisa. Não me leves a mal; sei o quanto este país é importante para ti; nele foste redimido e te tornaste um ilustre entre os ilustres. Mas hás de me prometer sob juramento: não me enterrem aqui em *Mitzraim*. Levarás daqui os meus restos e os depositarás ao lado de meus pais, em Machpelah, a caverna de Hebron, em Canaã, a nossa terra. Ali jaz *Abraão*, meu avô, junto de *Sara*; jaz ali *Isaac*, meu pai, junto de *Rebeca*; e jaz ali também *Lia*, a minha primeira esposa. Que isso seja compreendido perfeitamente pelos nossos, pois é lá, em nosso solo, que devemos ficar".

Neste ponto a voz de *Reb* Guetzl, ecoando mais forte, pareceu encher-se de emoção. Era como se ele próprio estivesse proclamando o juramento feito por José: *Onochi eessé quidvarecha*.

2
TIA MIRIAM TEM UMA IDÉIA

– Bom dia! – saudou-o Tia Miriam ao passar por *ele*.
Já se acostumara com esta pensionista, suas extravagâncias, seus vestidos e chapéus, seus excessos de batom e pó-de-arroz. Um tipo excêntrico dentre tantos que por aqui vivem, pensava consigo. Mas a não ser esses cumprimentos formais, não tinha outras relações com ela. Esta manhã, para sua surpresa, Tia Miriam se deteve diante dele, como querendo lhe falar alguma coisa.
– O senhor poderia me fazer um favor? – ela pediu com delicadeza. – Preciso muitíssimo de sua ajuda.
Ora, o que podia querer dele?
Abaixando um pouco a voz, em tom de segredo, pediu-lhe que a acompanhasse até a um canto da sala onde pudessem falar à vontade.
– Estamos começando os preparativos da próxima "Noitada do Lar". O senhor esteve conosco na última, não é mesmo? Ah, aquela palhaçada toda do Hershl foi uma coisa desastrosa! Desta vez nós queremos promover um baile de alta classe.
Sua perplexidade havia aumentado; é provável que ela o tomasse por um desses entusiastas dos eventos sociais da casa.
– Queremos realizar um Baile de Máscaras, uma espécie de *Bal Masqué*, o senhor me entende?

— *Bal Masqué?*
— Sim, o senhor sabe, um baile à fantasia. Seria um baile muito chique, todos nós viremos de máscaras, os cavalheiros e as damas. Não acha uma idéia maravilhosa?
Ele não sabia o que responder. Tia Miriam prosseguiu:
— Só temos um problema: o Hershl. Ele pode estragar toda a nossa festa. Por isso vim pedir-lhe o favor de falar com ele. Ele tem a mania de rir de tudo; o seu espírito zombeteiro é capaz de pôr tudo a perder. Tememos que o Hershl, com suas pesadas patas de elefante, possa de algum modo nos perturbar. O senhor precisa falar com ele.
Por um momento julgou que fosse algum engano; talvez Tia Miriam o tomasse por outra pessoa.
— Nem sequer conheço bem o Sr. Hershl.
— Todos acham que o senhor é a única pessoa a quem ele respeita verdadeiramente.
A afirmação de Tia Miriam deixou-o surpreso. "Essa é boa! Respeito por mim?" Passou-lhe pela cabeça o que seria esse baile a que Tia Miriam se referia pomposamente por *Bal Masqué*. Pessoas idosas e doentes, de máscaras, arrastando seus pés cansados e dançando tropegamente num salão! Nem mesmo o comediante Hershl, com toda a sua capacidade imaginativa, teria pensado na montagem de um *sketch* desses!
— Por favor... por favor — ela insistiu mais uma vez, lançando-lhe um desses olhares femininos de quem ainda confiava no poder de seus encantos. — Conto com a sua ajuda.

3
A APARÊNCIA TRISTE DE UM FILÓSOFO

Após o almoço, em sua volta habitual pelo jardim teve a companhia do Vélvele Zaltzberg de um lado e do Leibovitch de outro. A princípio caminhavam sem falar: Leibovitch, preso em seu mundo distante; *ele*, pensando nas coisas que andava escrevendo. Mas Vélvele Zaltzberg não demorou a romper o silêncio.

– Não sei se devo aceitar.

Ele olhou espantado para a figura miúda do amigo. Este continuou:

– Aizenberg quer que eu faça uma conferência sobre o Spinoza.

– E por que não?

– Às vezes acho que estou pregando no deserto.

Conforme aconteceu outro dia, um coquinho amarelo caiu no chão entre eles e rolou a seus pés. Com cuidado, *ele* se ajoelhou para apanhá-lo; ao pé da árvore, no meio da grama, espalhavam-se vários outros. Pôs na boca o que tinha apanhado e, mecanicamente, provou-o. "Será que no Jardim do Éden havia coquinhos dessa espécie? O Gênesis não os menciona", pensou consigo.

Ao dar com os olhos do Vélvele, acompanhando o que *ele* fazia, aprumou-se e voltou a prestar-lhe atenção. Depois, como querendo desculpar-se, acrescentou:

– Sempre quis saber se os retratos que nos deixaram dele conferem com a realidade.
– De quem? – perguntou Vélvele.
– Do Spinoza. Sua estatura, como é que era?
– Apenas mediana, nada mais que mediana.
– E a aparência?
– Tinha muito do judeu português! A pele era um pouco morena, os cabelos, pretos e crespos. As sobrancelhas, bastas.
– Como é que se vestia?
– Não ligava nem um pouco para a roupa, era inteiramente descuidado.
– Descuidado?
– Sim, tão descuidado a ponto de se confundir com os cidadãos da mais baixa classe. Um conselheiro de Estado que veio vê-lo uma vez encontrou-o em roupas tão sórdidas que o censurou. Spinoza desculpou-se logo, dizendo: "Não é razoável envolver o que nada vale em envoltório precioso".

Ele se divertia com a seriedade do Vélvele, para quem qualquer coisa que se referisse a seu ídolo logo o deixava empolgado.
– Nos retratos em que o vemos, Spinoza tem uma aparência triste, não?
– Sim – completou Vélvele –, sua vida, como todos sabem, não foi das mais alegres.
– É verdade.
– Não se esqueça que ele sofreu a excomunhão quando jovem. Desde cedo viveu amarga e dolorosamente só. Nada mais horrível do que a solidão, mas a solidão dele foi a pior de todas: o isolamento de um judeu entre seu povo.

As palavras de Vélvele ficaram-lhe ecoando nos ouvidos. Lembrava-se daquela passagem de Graetz, em sua *História dos Judeus*, tantas vezes lida por *ele*, descrevendo em tons sombrios o processo da Excomunhão. "O gemer de uma grande tuba esmorecia a espaços, e as luzes, que eram intensas no começo da cerimônia, iam-se extinguindo uma a uma até se apagarem todas – símbolo de extinção da vida espiritual do excomungado."

Enquanto conversavam caminhando lado a lado, Leibovitch, como sempre, não proferia nenhuma palavra, com o que, aliás, já estavam acostumados. Quando se mencionou o problema da solidão de Spinoza, ambos, instintivamente, olharam para o rosto do amigo silencioso.

– Você acha então que devo fazer a conferência? – perguntou Vélvele, retomando o seu assunto.

– De minha parte, não vou perdê-la em hipótese alguma – *ele* respondeu com um sorriso.

4

MISSÃO BANAL

Desde que Tia Miriam lhe tinha passado aquele estranho pedido, *ele* não achava o Hershl em parte alguma. Foi encontrá-lo, casualmente, no início desta tarde, em companhia do amigo Vélvele Zaltzberg, agarrados numa boa conversa de surdos: o primeiro tentando empurrar ao segundo uma de suas anedotas; e o segundo querendo explicar ao primeiro alguma coisa obscura do seu eterno Spinoza. A conversa deles poderia esticar-se bastante; por isso, aproveitou a primeira brecha:

– Desculpe-me, Sr. Hershl, poderia me conceder um minutinho?

– Estou pelo menos há um quarto de hora pedindo a palavra ao nosso amigo Zaltzberg – retrucou o comediante –, e até agora não consegui, o senhor me acredita? Perdoe-me, professor; mas se eu não contar minha anedota, acabo estourando.

O Vélvele Zaltzberg fez uma expressão de quem não tinha a menor culpa. Hershl não perdeu tempo:

– Um judeu veio queixar-se ao seu Rabi de estar sendo difamado por outros membros da comunidade. "Rabi, o senhor acha direito eles me chamarem de tolo?"

– Quem foi que perguntou isso? – interrompeu-o Vélvele.

– Um judeu, não importa quem seja. Ele perguntou ao Rabi: "O senhor acha justo eles me chamarem de tolo?"
– Núú, vai daí? – cortou Vélvele.
– Não me interrompa, por favor – Hershl estava ficando impaciente. – Pois bem, o Rabi ouviu-o com simpatia e tentou consolá-lo.
– O Rabi não quis saber dos motivos reais da difamação?
– Não, o Rabi queria apenas consolá-lo. "Por que você se preocupa por tão pouco?"
– Quem perguntou?
– O Rabi perguntou. Ele perguntou o seguinte: "Por que você se aborrece com tão pouco? Você pensa que os tolos são diferentes dos outros?"
– Essa é muito boa!
– Calma, ainda não terminei. O Rabi prosseguiu: "Acredite, muitas pessoas distintas são tolas".
– Ah, evidentemente existe aqui um paradoxo!
– Claro, um paradoxo.
– E com certeza este paradoxo é a essência da sua anedota – continuou Vélvele Zaltzberg, com um sorriso flutuante no rosto.
– O senhor vai me deixar terminar ou não? Ainda não cheguei ao final, pelo amor de Deus.
– Ele invoca Deus com a mesma facilidade com que eu bebo água.
– Está bem, deixemos Deus de lado. Onde foi mesmo que parei? – O comediante estava perdendo a paciência. – Sim, o Rabi queria consolá-lo e então disse: "Acredite, meu filho, algumas das melhores pessoas que eu conheço são tolas".
– Não diga! – retrucou Vélvele.
– O Rabi disse: "Algumas das melhores pessoas que eu conheço são tolas. Mesmo uma pessoa fina como você pode ser uma delas".
– Amigo Hershl, aqui evidentemente existe...
– Acho que você não me entendeu!
– O que foi que eu não entendi?
Vélvele Zaltzberg, de propósito ou não, estava dando um verdadeiro banho no humorista.
– Você não entendeu a moral da história!

— Que importância tem essa moral? Amigo e colega Hershl, deixe-me explicar-lhe algo mais importante. Por acaso já ouviu falar da percepção das coisas *sub specie eternitatis*?

— Pronto, lá vem ele com seu latinório. Um momentinho, sim? Façamos uma trégua, meu amigo professor deseja conversar comigo.

Toda essa cena tinha o jeito de um *sketch* montado ao vivo pelo comediante, com a colaboração efetiva do Vélvele Zaltzberg. O tempo todo, *ele* havia se esforçado para não rir nem de um nem de outro. Finalmente, estando a sós com o Hershl, procurou ir direto ao assunto, mas mesmo assim teve de ouvir a sua última queixa.

— O Vélvele é um bom sujeito, mas, que me perdoe, não tem o menor senso de humor. Pensei seriamente em aproveitá-lo num dos meus *sketchs*, dando-lhe o papel do Buster Keaton. Cara de pau, ele tem. O senhor conhece o Buster Keaton?

— Sim, sem dúvida.

— Está bem, professor, vamos ao nosso assunto, sem maiores delongas, estou começando a ficar curioso. Sou todo ouvidos! Que é que deseja falar comigo?

Ocupar-se com o incrível pedido de Tia Miriam lhe parecia desde o início uma coisa tola, sem muito sentido (*Bal Masqué*, ora bolas!). Por isso procurou despachar de uma vez tudo o que tinha a dizer e, tendo afinal terminado, ficou olhando para a cara do comediante, à espera de sua reação. Este não fez outra coisa senão balançar a cabeça; depois, como caindo em si, disse:

— *Bal Masqué*? Essa é muito boa, muito boa mesmo. Ora, há quanto tempo não ouço falar de uma coisa dessas! Está bem, professor, prometo não abrir o bico. Serei um mascarado de boca fechada.

Hershl ainda teve um novo frouxo de riso; depois, recuperou-se e ficou pensativo.

— *Bal Masqué*! Francamente, eu nunca poderia imaginar uma coisa dessas!

11ª PARTE

PARTICIPANDO DA COMÉDIA

1
UMA PROPOSTA INTRIGANTE

No meio da tarde, ao sair para espairecer, *ele* avistou o Kopque e o Motl num dos pontos do pequeno jardim, conversando animadamente. A simplicidade desses dois o encantava; eram como dois adolescentes.

Logo que o viu, Kopque fez-lhe um aceno para se aproximar:

— Professor, o senhor vai me ajudar aqui com o meu compadre, Motl. Por mais que eu puxe conversa com ele sobre nossos valores judaicos, ele só quer saber de futebol. Eu já disse ao Motl mais de *miles* vezes: com sua idade, já está na hora de saberes alguma coisa.

Motl riu o seu riso simplório.

— O senhor viu, professor? Ele só ri. Tenho até vergonha de *le* dizer; a gente falava do Paraíso e de suas bem-aventuranças, quando o meu compadre, Motl, afirmou que, a seu ver, as almas que lá vivem devem andar entediadas. Ele quer propor uma nova espécie de lazer para elas.

— Qual?

— Futebol! Eis toda a nossa querela, professor. O compadre Motl acha que se depender dos Anjos, eles aprovarão a idéia e ainda terão o seu próprio campeonato. Isso não *le* parece uma blasfêmia, professor?

Motl, que continuava a sorrir com sua cara de lua cheia, tentou apartear:

– Mas é preciso uma regra especial. Para os Anjos, durante o jogo, não vale voar com as asas. Garanto que teremos o campeonato mais lindo que já se viu.

Kopque interrompeu-o com uma boa cusparada no chão.

– Pfu! Já ouvi gente dizer besteira grossa, professor, porém besteira como essa ainda estou pra ouvir. E se o senhor pensa que ele está brincando, eu *le* digo: não está.

Motl tinha mais alguma coisa para acrescentar:

– Se acontecer um desafio entre os Anjos e o meu Corintians, quero que o próprio Juiz Supremo apite esse jogo. Assim será uma arbitragem limpa e justa.

Kopque saltou do seu assento no banco, como quem apeia de uma cavalgadura.

– Essa não, tchê! Só nos resta deixar esse *goi* falando sozinho. Vamos embora daqui, professor.

Ele não pôde deixar de rir. "Ah, caríssimo *Moishe Rabeinu*, com certeza por essa você não esperava!"

2

HENDRIX E PINCHIK

— Como vai sua namoradinha, Guershom?
— Ah, a Sura? Agora somos apenas amigos.
Ele olhou para o neto, espantado.
— Quer dizer que você agora é um lobo solitário!
— Não, já tenho outra *mêidele* que é um encanto. O nome dela é Rosa, mas eu a chamo de Reizele.
— Meu Deus!
— A próxima vez que eu vier aqui, vou trazê-la, quero que a conheça. É um amor de menina.
Os dois caminhavam lado a lado, o neto passando o braço no ombro dele.
— Como vai a sua guitarra? — *ele* perguntou lembrando-se do que lhe andaram contando.
— Grandes progressos, vô, estou começando a compor.
— Que é que você compõe?
O jovem pôs-se a cantarolar:
— *Baby, baby, eu te amo, baby...*
— Meu Deus, que diriam seus ilustres antepassados se ouvissem uma coisa dessas?
— Não sei como Davi cantava seus Salmos, mas é bem provável que Abraão, Isaac e Jacó torcessem o nariz se pudessem ouvi-lo.

— Talvez tenha razão! — *ele* divertia-se com as palavras do neto.
— Mas não comece a comparar-se a Davi, você ainda tem muito a aprender.
— *Baby, baby, eu te amo...* pena eu não ter trazido minha guitarra.
— Está bem, Guershom, da próxima vez não esqueça de trazê-la. Agora diga-me, como vão seus estudos?
— Estou cada vez mais envolvido com os Computadores. Não imagina o que está ocorrendo nesta área, vô! As coisas estão caminhando muito depressa, já começaram a usá-los até nas *ieshivot*, sabia disso?
— Acredito.
— É só dedilhar a tecla certa e lá vem a resposta para o seu *pilpul*. Não é esta a palavra que emprega?
— Sim, é esta, você me surpreende, Guershom. Mas se o seu computador tiver que fornecer respostas iguais às dos nossos mestres, que nem sempre concordam entre si, irá registrar mais dúvidas que soluções.

Chegaram finalmente ao quarto dele.
— Vamos sentar um pouco.

O neto conhecia o quarto do avô, mas achou-o agora pequeno demais. Sentaram-se um diante do outro.
— Quer ouvir música, Guershom? Tenho alguns discos.
— Se tivesse do Jimi Hendrix...
— Quem é esse Hendrix?
— Um guitarrista genial.
— O que tenho é um velho disco do Pinchik, quer ouvi-lo?
— Quem é esse Pinchik?
— Um grande *hazan*. Ouvindo-o com atenção você terá idéia de como cantam os Anjos.
— Tá bem, vô.

O disco começou a girar. A agulha produzia um som rascante; uma voz aveludada, num tom baixo e lamentoso de quem estivesse dialogando consigo próprio, foi-se sobrepondo suavemente a todos os chiados: "...rozo dado-Shem ehod ushmoi ehod, rozo deshabos..."

3
INSTANTE DE BOM HUMOR QUE SE TRANSFORMA

De certo modo *ele* encarava a maioria das situações do *Lar* com serenidade e bom humor; apesar de tudo, havia sempre alguma coisa de que se pudesse rir. Era o caso de D. Sheindl e seu amigo Vélvele Zaltzberg.

D. Sheindl, a partir do dia em que começou a assediar o Vélvele, parecia ter ganho vida nova. Mas este, tão desligado de tudo, ainda não se dera conta do que vinha ocorrendo; não compreendia por que a filha dela não parava de lhe trazer presentinhos.

– Acho muito estranha essa moça – confessou-lhe Vélvele. – Não sei o que ela está querendo comigo; todos os dias me traz alguma coisa! Fico até sem jeito. Que é que você acha disso? Mal a conheço.

– Ela o considera muito, Vélvele. A propósito, como vai D. Sheindl?

– E eu sei?! Parece-me tão estranha quanto a filha. Vivo tropeçando nela. Se me viro para a direita, encontro-a à direita; se me viro para a esquerda, encontro-a à esquerda. Nunca vi mulher mais onipresente. – Depois encarou-o sério e completou: – Quero que me deixe em paz.

Ele riu com o desabafo do amigo.

– Não entendo por que está rindo!

– Sheindl tem um interesse especial por você, Vélvele.
– Meu Deus! – Vélvele passou a mão nos poucos cabelos que tinha. – Alguém já disse: "É mais fácil escapar de um tigre faminto que de uma mulher ansiosa".
Eles riram juntos.
– Creio que você soube do fim que levou minha Nechama – Vélvele comentou a certa altura.

Sim, *ele* sabia. Vélvele Zaltzberg perdera a primeira mulher e os filhos nas mãos dos nazistas. Ao vir para o Brasil conhecera a Nechama, uma viúva, também sobrevivente da guerra tal como ele.

– No princípio, achei que eu e a Nechama podíamos ser felizes, mas ela tinha problemas mentais. O que ela sofrera durante o período da guerra marcou-a muito. Era uma mulher instável.

Ele fez uma pausa antes de continuar.

– Nechama, desde o início, vivia me enganando com todo o mundo. Por que motivo suportei isso? Alguma coisa dentro de mim também havia quebrado. Depois de todos aqueles horrores por que passei no campo de concentração, tudo na vida me parecia de pouca importância.

Vélvele Zaltzberg nunca lhe tinha falado disso.

– Sabe? Um dia a vi saindo de um hotel com outro homem; ela estava a poucos passos de mim. Jamais me esquecerei de seu olhar. Quando voltei à noite para casa, encontrei-a à minha espera com a aparência de um coelho assustado. Eu nada tinha a lhe dizer. Pouco tempo depois, Nechama me deixou, fugindo com um ator argentino. Após alguns meses recebi notícias de que, tendo voltado para cá, em estado de indigência e muito doente, estava internada na Santa Casa. Quando morreu, depois de muitos sofrimentos, a única coisa que pude fazer por minha Nechama foi dar-lhe um enterro decente.

4

A VIDA NO LAR SE AGITA

Embora Aizenberg, o "milionário" (todos continuavam a referir-se a ele desse modo), procurasse dedicar grande parte de seu tempo aos estudos, ainda assim não conseguia desprender os olhos das coisas mundanas, estando sempre atento a tudo que viesse ocorrendo à sua volta.

– Professor – disse Aizenberg ao avistá-lo –, o senhor com certeza já deve ter conhecimento do que as mulheres estão tramando para a próxima "noitada especial", não é? Em toda a parte só se fala disso. Queria saber de quem foi a idéia do *Bal Masqué*, o senhor sabe?

– Creio que foi da Tia Miriam.

– Eu já suspeitava. Pois é, imagine todos nós, mascarados! Que papel ridículo estaremos representando: um bando de velhos querendo brincar feito adolescentes!

O milionário olhou para *ele*, depois soltou sua risada.

– Quer saber de uma coisa? Não sei por que me ocupo com essas bobagens, eu devia estar agora é estudando um bom capítulo da *Mishná*, como faz o nosso amigo, *Reb* Guetzl.

No pouco tempo de convivência com o Aizenberg aprendera o quanto este podia ser um fino observador, sempre com comentários pitorescos na ponta da língua.

— Tia Miriam tem cada idéia! A energia dela é de tirar o chapéu. Pelo que pude averiguar, essa distinta senhora continua com sua atividade sexual pelo menos duas vezes por semana, acredita?

Ele nada respondeu. Desta vez, o Aizenberg não só exagerara, como fizera um comentário deselegante, pensou consigo.

— Sabe, esse negócio de sexo, em meu modo de ver, não é questão de idade, mas de imaginação — Aizenberg continuou insistindo.
— Com imaginação, você é capaz de se masturbar mesmo que tenha mais de setenta anos. E imaginação não falta à Tia Miriam. Não vou lhe contar com quem ela andou se relacionando nas últimas semanas, não me interessa espalhar fofocas. O senhor ficaria boquiaberto. Mas devo admitir uma coisa: ela costuma arranjar os seus parceiros com bastante discrição.

Será que o Aizenberg estava atacado pela senilidade? Todos estão sujeitos a isso. Olhou para o rosto do milionário, procurando nele uma ponta de ironia. Mas não, o homem falava sério.

— Espero que minhas palavras não o tenham chocado, professor. Afinal não somos mais crianças. Quero que entenda que não estou recriminando Tia Miriam; pelo contrário, acho que ela está no seu direito e age corretamente, enquanto tiver vida e saúde. Mas, voltando ao nosso *Bal Masqué*, considero surpreendente ela ter lançado essa idéia.

Estranhou a atitude do Aizenberg; aonde queria chegar?

— O pior de tudo é que tal idéia já tomou conta de todas as mulheres. Você notou como andam alvoroçadas? Daqui a pouco, até mesmo os homens entrarão nessa!

Ambos tiveram a atenção desviada para um pequeno pássaro que acabava de pousar na grama.

— Ah, como invejo essas criaturinhas de Deus, elas têm vida breve e sem complicações! Depois do *Bal Masqué*, esta casa não será mais a mesma, anote isso. Vai ser o diabo, professor!

Ele não entendia essa celeuma toda do Aizenberg. Viu-o afastar-se lentamente, com a expressão preocupada de quem precisava resolver um grave problema.

12ª PARTE

FINAL

1
ALGUÉM VIRÁ NOS BUSCAR

A noite havia começado mal, com alguma chuva e trovoada. No entanto, foram poucos os pensionistas que se deixaram abater, vinham entrando no salão com suas fantasias, rindo uns com os outros, dispostos a participar daquele "faz-de-conta".

Sr. Rolf e D. Elza, ele de cartola e casaca, ela com um vestido de marquesa, do tipo Madame Pompadour, estavam muito elegantes; ambos tinham à altura dos olhos máscaras de veludo cor de vinho. Vélvele Zaltzberg, supreendentemente, usava um traje de holandês do tempo de Spinoza e uma peruca a lhe ocultar a careca. Ao seu lado caminhava D. Sheindl, metida num exagerado vestido de cigana, com vários colares lhe descendo até o peito. Sr. Aizenberg, fantasiado de Conde Drácula, vinha com uma longa e lustrosa capa de seda preta, forrada de vermelho por dentro, ele que tanto falara mal desse *Bal Masqué*. Motl e Kopque abaixaram um pouco o nível das fantasias, o primeiro com seu calção e camiseta do Coríntians, e o segundo usando suas velhas bombachas, seu amassado chapelão com barbicacho e as ruidosas botas com rosetas. Tia Miriam, de máscara negra de *femme-fatale* a lhe cobrir parte do rosto, trazia um vestido longo, naturalmente fechado até o pescoço. O salão estava cheio.

O conjunto dos três homens de *smoking* tocava sem interrupção valsas que se misturavam com um ou outro estrondo que vinha de fora.

Num canto do salão, estava o *Dóctor*, que parecia se divertir muito com sua fantasia de tribuno romano.

O baile primava pela animação. Uns dançavam, outros saboreavam refrescos. Risadas fáceis, comentários alegres, por toda a parte reinava uma grande excitação.

Avistando-o de longe, Aizenberg fez-lhe um sinal e veio caminhando em sua direção. Na sua curiosa fantasia de Conde Drácula, carregava nos olhos um simulado brilho satânico.

– Cadê sua fantasia, professor? – disse o Aizenberg. – Entre, vamos tomar alguma coisa.

Várias figuras, usando fantasias diversas da Comédia Italiana, envolveram-nos, dando-lhes tapinhas nas costas e se rindo deles.

– Agradeço muito sua ajuda, professor – disse Tia Miriam, logo que o viu. – Faço questão de incluir o seu nome no meu carnê.

Arrastando pelo chão o longo vestido, ela se afastou em direção a um pierrô que a aguardava impaciente.

– Vamos, professor, não se preocupe com ela – puxou-o pelo braço o Aizenberg.

Os músicos tocavam mais uma valsa. A pista estava cheia. Ninguém ligava para a grossa chuva que despencava lá fora, batendo nas vidraças e, de quando em quando, trazendo para dentro o ronco grave de um trovão.

– Estou lendo seus pensamentos, professor. Certamente está com um pressentimento igual ao meu.

– Que pressentimento?

– Alguém virá nos buscar esta noite.

Ele apenas esboçou um leve sorriso diante daquele humor do Aizenberg.

– Haverá quem não tenha cometido os seus pecados, professor? Que chance temos nós no outro mundo?

A figura ereta do milionário, com aquela extravagante capa de duas cores, enchia-lhe os olhos. Aizenberg continuou:

– Sabe? Numa das famosas historietas coligidas por Buber sobre os *hassidim*, o Rabi Pinkhas de Koretz teve um sonho em que lhe apareceu um amigo, que era *tzadik*, pouco depois da morte deste. No sonho, perguntou ao falecido: "Como é que se procede

aí com os pecados da Juventude?" O morto respondeu: "Não são levados muito a peso, se a penitência for feita, mas a falsa piedade dos velhos esta é rigorosamente punida".
— Do que é que vocês estão falando? — procurou entrar na conversa Vélvele Zaltzberg, sob o olhar complacente de D. Sheindl.
— Deixem-me dizer-lhes uma coisa...
"*Oh, sweet mistery of life...*", cantarolava agora o *crooner*, agarrado ao microfone, com um sorriso de querubim se espalhando por todo o rosto.
— Será que não vão tocar nenhuma música *idish*? — perguntou Kopque, arreganhando seu bigodão.
Aizenberg ia dizer mais alguma coisa, quando as luzes do salão se apagaram. Por entre os gritinhos e as exclamações do público, ouviu-se uma voz conhecida:
— Nada de afobações, companheiros.
Iluminado por uma luz bruxuleante, surgiu o Hershl, coberto de andrajos e tendo na mão direita uma longa foice e na outra um castiçal com uma grossa vela acesa. A entrada triunfal do comediante foi recebida por um coro de gargalhadas.
— *Fiat lux* — ele exclamou.
Nesse momento, as luzes tornaram a acender-se.
— Música, maestro.
Os músicos de imediato voltaram a tocar. Os pares retomaram suas danças. Todos comentavam aquele jeito descontraído do Hershl.
— Bravo, Hershl, bravo — os cupinchas batiam-lhe nas costas.
Tia Miriam fechou a cara, mas logo em seguida deu de ombros e saiu rodopiando com seu parceiro. Quem estava muito sério e tinha a fisionomia carregada era o Aizenberg, que não desprendia os olhos do Hershl.
— Acho que ele está brincando com fogo.
O comediante aproximou-se dele e cutucou-o com a foice.
— Que é que há, amigo Aizenberg? Não gostou? Quero todo o mundo se divertindo.

2

ONDAS DISTANTES DE UM MAR SILENCIOSO

Em sua última recaída, *ele* teve de ficar no quarto sem sair da cama durante vários dias. O *Dóctor* vinha vê-lo pela manhã e pela tarde. Durante esse período, Iossl, Eva e Guershom não deixaram de visitá-lo.

Na manhã do primeiro sábado, *ele* acordou cedo, com a sensação de melhora. A claridade entrava pela janela. Ofuscado por ela, fechou os olhos fortemente, e enquanto os mantinha assim cerrados sem coragem de reabri-los, vinham-lhe à mente evocações, que fluíam e refluíam em câmera lenta, como ondas distantes de um mar silencioso. Eram coisas sem muita coerência e sentido, às vezes cenas mais antigas, entrecruzadas com fatos recentes. Por fim deixou-se adormecer.

– O senhor dormiu a manhã toda – disse o médico, inclinando-se sobre *ele*. – Estive no seu quarto duas vezes e o encontrei dormindo feito um anjo.

Ele piscou os olhos, atordoado, procurando recobrar a consciência.

– Tenho a impressão de ter dormido a vida inteira – respondeu.

– Está com fome? Vou mandar trazer sua refeição.

SUB SPECIE ETERNITATIS

A primeira visita, durante a tarde, foi a do Vélvele Zaltzberg, que estava aparentemente eufórico.

– Finalmente concordei em fazer a conferência; o Aizenberg me convenceu. Vou tentar passar para esses idiotas alguma coisa da essência do Spinoza. Não sei até que ponto terei êxito, mas, meu Deus, eu tentarei.

Ele sorriu para o amigo.
– Quando será?
– Na próxima semana.

Vélvele não perdeu tempo e, com sua natural fluência, adiantou-lhe alguns tópicos que pretendia abordar. Não lhe ocorreu nenhuma vez perguntar como ia a saúde dele, o que sem dúvida o deixou aliviado e de certo modo agradecido.

– De que foi mesmo que Spinoza morreu? – *ele* perguntou a certa altura.

– A tuberculose o matou, estava apenas com quarenta e quatro anos de idade.

Dito isso, Vélvele fez uma pausa, sem esconder o seu ar de consternação. Finalmente acrescentou:

– Mas, como ele próprio dizia, o espírito humano absolutamente não pode ser destruído com o corpo; parte dele permanece, é a parte que concebe as coisas *sub specie eternitatis*.

Ele olhou para o Vélvele sem conter um novo sorriso.

4

O CHEIRO DO VERDE

No dia seguinte, já pela manhã, estimulado pelo *Dóctor*, que o achou em boas condições, dispôs-se a fazer o primeiro passeio. Teve por companhia o Kopque e o Motl. Sentia-se ainda fraco, e, após caminhar alguns minutos, procurou um banco para sentar-se.
– O compadre esteve ruinzinho esses dias! – disse o Kopque com sua habitual franqueza. – Pensei que quisesse entregar a rapadura.
– Nada disso, meu amigo – *ele* retrucou. – E como vão as coisas por aí?
– Tudo como dantes no quartel de Abrantes, não é isso, compadre Motl?
Motl assentiu com a cabeça, sem muito entusiasmo.
– É que o Coríntians dele perdeu de novo.
Ele respirou fundo, captando no ar o cheiro do verde que provinha do jardim.
– Tenho uma questão que me rói a cabeça, professor. Posso *le* perguntar?
– Vamos lá, Kopque. O que é?

VISITA OBRIGATÓRIA

Estando melhor, *ele* foi visitar o Leibovitch em seu quarto. Olharam-se um para o outro sem dizer palavra. Como sempre o amigo estava mergulhado no passado. "Voltaria algum dia?" – perguntou-se.

– Sabe, Leibovitch, você está bem – *ele* disse.

CADERNO DE NOTAS

"...com todo o material que me é dado reunir aqui, poderia, quem sabe, compor um livro. Surpreendo-me cada vez mais com os meus vizinhos e companheiros. Pouco a pouco estão me revelando as suas coisas; cada vez mais me vejo envolvido com tudo o que resta de suas vidas. Do que me dizem e do que posso deduzir, há muito para escrever. Talvez me saia um livro interessante! Estou começando a pensar nesse projeto. Pelo menos me servirá para preencher boa parte do meu tempo. Os segundos, os minutos, as horas, essas unidades constantes e monótonas, arrastam-se diante de mim como pesadas tartarugas..."

GLOSSÁRIO

Agadá (plural: *agadot*) – (Do hebraico) – O conjunto do folclore, parábolas e lendas contidas no Talmud.
Aufviderzein – (Do alemão) – Até à vista, cumprimento.

Baal Shem Tov – Criador do Hassidismo (ver *Hassidim*).
Baal-Tefile – (Forma *idish* de *Baal Tefilá*) – Cantor de Sinagoga.
Bai mir bistu chein, bai mir hostu heim – Canção popular *idish*, de grande sucesso na década de 30. Tradução literal: Para mim você é linda, para mim você tem graça.
Breishit-Gênesis, primeiro livro do Pentateuco.

Cabala – Nome dado ao sistema místico-filosófico que se originou na Espanha, no século XIII.
Cadish – (Hebraico/aramaico) – Oração pelos mortos.
Captzn – Pobretão, pé-rapado.
Casher – Comidas puras, de acordo com o código judaico.
Chames – Zelador.
Clientelchic – Mascate, vendedor pelo sistema de prestações.
Cohen (plural: *Cohanim*) – Sacerdote (judeu), descendente de Aaron, irmão de Moisés.

Der Comediant – (Do *idish*) – O comediante, o ator.
Der Linker – (Do *idish*) – O esquerdista, o comunista.

Gan Eden – (Do hebraico) – Jardim do Éden, Paraíso.
Goi – Gentio, tratamento dado pelos judeus aos não judeus.
Grober Iung – Pessoa grosseira.
Gueena – Referência ao Inferno.
Guefilte-fish – Prato judaico: peixe recheado que se serve nos sábados ou em dias festivos.
Guevir – (Do *idish*) – Rico, milionário.
Guilgul Neshomes – (Do hebraico: *Guilgul Ha-Neshamot*) – Reencarnação das almas.
Gut avent – (Do alemão) – Boa-tarde, cumprimento.
Gut Morguen – (Do alemão) – Bom-dia, cumprimento.
Gut Shabes – (Do *idish*) – Bom sábado, saudação de sábado.

Hassid (plural: *hassidim*) – Pio, beato, adepto do *Hassidismo*, movimento religioso de grande repercussão entre os judeus da Europa Oriental, fundado por Baal Shem Tov, o Rabi do Bom Nome, no século XVIII.
Hazan (plural: *hazanim*) – Cantor de Sinagoga.

Iamelque – Solidéu usado pelos judeus religiosos.
Ianquele – Diminutivo de Jacob (em *idish*).
Idish – Idioma dos judeus da Europa Oriental, produto do médio e alto alemão do século XVI, escrito em caracteres hebraicos. Incorporou também, em percentagem elevada, vocabulário de origem hebraica e eslava.
Ieques – Denominação irônica dos judeus de origem alemã.
Ieshivá (plural: *ieshivot*) – Academia talmúdica ou rabínica; é o grau superior de ensino no sistema tradicional judaico.
Iortzait – (Do *idish*) – Aniversário de falecimento dos pais.
Iossele – Diminutivo de Iossl (em *idish*).

Katsef (Do *idish*) – Açougueiro.
Klezmers – Artistas ambulantes que tocavam em festas judaicas.

Lehaim – (Do hebraico) – À vida, saudação empregada pelos judeus ao tomar bebida alcoólica.
Léibele – Diminutivo de Leibl (em *idish*).
Litvac (plural: *litvaques*) – Judeu lituano. Tem às vezes uma acepção especial com o sentido de indivíduo realista, erudito, sagaz.

Main Gott – (Do alemão) – Meu Deus.
Mêidele – (Do *idish*) – Menina, mocinha.

Minhá – Oração da tarde, na liturgia judaica.
Minian – (Do hebraico) – Quórum, conjunto de dez pessoas indispensáveis à realização dos ritos judaicos.
Mitzraim – (Do hebraico) – Egito.
Mohel – Autoridade judaica que executa a circuncisão.
Moishe Rabeinu – Moisés, nosso mestre.

Nefesh – (Do hebraico) – Criatura, um dos três componentes da alma, centelha de vida.
Neshome – (Forma *idish* de Neshamá) – Alma.
Núu – Exclamação *idish*, equivalente a "E então?", "Bem"; "E".

Onochi ieessé quidvarecha – (Do hebraico) – "Farei conforme tuas palavras", o juramento de José.

Pilpul – Método dialético para o estudo do Talmud; indica também excesso de sutileza ou raciocínio sofismático.
Prashá – Capítulo, trecho da Torá.

Rabi – Título dado, especialmente pelos *hassidim*, aos guias espirituais da comunidade.
Reb – Senhor, modo de tratamento, título honorífico.
Rebe – Forma *idish* de *rabi*, rabino hassídico.
Reboine Shel Oilom – (Do hebraico) – Senhor do mundo.
Remez – Alusão, referindo-se em particular aos significados implícitos no texto da Torá.
Rosh Hashaná – (Do hebraico) – Ano Novo judaico, início do Ano Judaico (literalmente: cabeça do ano).
Ruach – (Do hebraico) – Espírito, brisa, alento.

Seiguetz (Sheiguetz) – Moleque.
Shabat – (Do hebraico) – Sábado.
Shaharit – (Do hebraico) – Oração matinal.
Shidah – Arranjo de casamento.
Shil – Sinagoga.
Shulent – Comida judaica típica de sábado, preparada e deixada no forno, nas sextas-feiras.
Sidur – Livro das rezas diárias.

Taivlonim – (Do hebraico) – Demônios.
Talit – O xale ritual de seda ou lã, com franjas na ponta, usado pelos judeus nas cerimônias.

Talmud – O mais importante livro dos judeus, após a Bíblia. A coletânea talmúdica constitui verdadeira enciclopédia de legislação, folclore, lendas, disputas teológicas, crenças, doutrinas e tradições judaicas. Divide-se em *Talmud de Jerusalém* e *Talmud da Babilônia*, segundo o lugar em que foi redigido. Subdivide-se em *Mishná* e *Guemará*, cada qual em diversos tratados e ordens.

Techiat Hameissim – (Do hebraico: *T'chiat Ha-meitim*) – A ressurreição dos mortos.

Tefilim – Filactérios, cubos com inscrições de textos das *Escrituras*, presos por tiras estreitas de couro, e que os judeus devotos costumam enrolar no braço esquerdo e na cabeça, geralmente durante as orações matinais.

Torá – Designa ora a Bíblia, ora todo o código cívico-religioso dos judeus, formado pela Bíblia e pelo Talmud.

Tzadik – (Do hebraico) – Devoto, justo, santo.

Vareniques – Uma espécie de raviole.

Vélvele – Diminutivo de Velvl (em *idish*).

Impresso na
**press grafic
editora e gráfica ltda.**
Rua Barra do Tibagi, 444 - Bom Retiro
Cep 01128 - Telefone: 221-8317